大理一年

The Mountains Are High

［英］艾礼凯（Alec Ash）著

汪思佳 译

年鉴

2020 年　云南　大理

（农历庚子鼠年）

天朗气清，昼暖夜寒，时维三月，是穿 T 恤最舒适的时候，偶有大风。杜鹃、樱花、海棠和木兰竞相开放。

节日：春节（1 月 25 日）、元宵节（2 月 8 日）、上巳节（3 月 26 日）、清明节（4 月 4 日）、三月街（4 月 7 日）、花子会（4 月 20 日）。

天气渐热,气温最高可达三十摄氏度。而后季风忽至,送来凉爽。七月降水量达一百四十四毫米。此时多有樱桃、桃子、应季蔬菜和各种蘑菇。

节日:蝴蝶会(5月7日)、绕三灵(5月15日)、栽秧会(5月24日)、端午节(6月25日)。

气候温和,夜间微凉。到了十月,雨水减少,气温回升。秋季作物常有芦笋、花椒、菱角、大麻。

节日:火把节(8月13日)、中元节(9月2日)、耍海会(9月24日)、中秋节(10月1日)、重阳节(10月25日)。

 十一月温暖宜人，但到了一月，气温降至四摄氏度。初雪落在了山里。此时节多有冬豆、牛油果、坚果、莓子和甘蔗。

节日：圣诞节（12月25日）、新年夜（12月31日）、腊八节（1月20日）、春节（2月12日，牛年）。

The Mountains Are High

目录

山高皇帝远 / 1

序章：新年伊始 / 5

春：风起时 / 37

夏：花朝季 / 101

秋：丰稔岁 / 159

冬：月升令 / 207

后记：又一年春 / 235

作者的话 / 239

致谢 / 243

附图 / 249

山 高 皇 帝 远

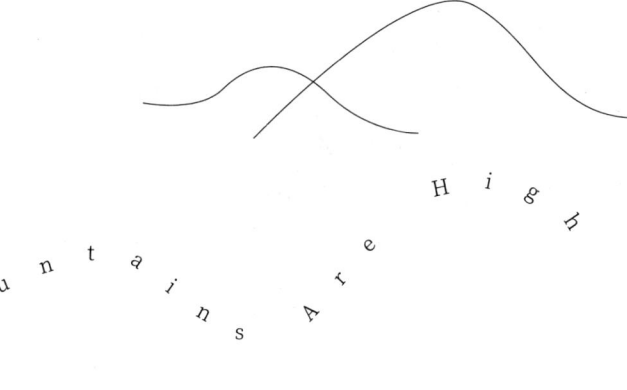

The Mountains Are High

放眼望去，层峦叠嶂，浓翠蔽日。目光愈远，山林的颜色愈发浅淡、柔和。山脚下坐落着一座锈红色的寺庙，外墙上的"佛"字已经褪色、剥落。一位面容沧桑的奶奶系着靛蓝围裙，正用罐子接取山泉。庙里香火在炉中燃烧，香气缭绕空中，与村民倒在山间小道旁的垃圾的腐烂味交织在一起。

沿这条路走到山顶，站在约四千米高的苍山山脊上，能看见周围云雾缭绕，十九座山峰如剑龙骨刺般刺向天际线。我脚下铺展着郁郁葱葱的青松、云杉，再往下是一汪广阔的湖泊，就像从苍穹坠落的巨人的耳朵。湖畔的古城，被南诏国国王在九世纪所建的佛塔守护着。

这就是位于中国西南部乡村地区的大理山谷。我来到这儿，逃离城市，摆脱前尘往事。这里也有像我一样离开城市定居此地的人，他们各自寻找着自己的香格里拉。其中有不拘于俗的艺术家，有环保主义者、生存主义者，有在家接受教育的孩子，也有退休后过来的老人，有信道的，礼佛的，探索精神世界的，做清醒梦的，离经叛道的……大家是现代社会的"难民"，选择逃离喧嚣的高楼大厦，远离世俗熙攘，努力活得自由。正如俗语所说："山高皇帝远。"

各种缘由促使我来到山里，踏进寺庙，走进乡村，在这充满变化的一年里，选择在此安家。白天，阳光穿透山峰上翻涌成浪的云层。夜晚，月色为暗淡的山峦镀上皎洁的月辉，铺落一山寂静。在山顶，我又会发现什么呢？

我向山上走去。

序章

新 年 伊 始

The Mountains Are High

有时，有些东西必须改变。内心陷入犹豫，紧绷的弦突然断开，想重新开始的冲动涌出，像瘙痒般不断加剧，直到不能自已。有时，变数从天而降，不请自来——突然换份新工作，开始一段新恋情，发笔意外之财，遇到飞来横祸，决定离婚……我们总会经历各种各样的变化，而最难的，其实是内心的改变。改变带来的挑战，恰恰衡量出我们渴望改变的程度。往往，我们最需要的正是我们最不敢开始的。

二〇二〇年，和许多人一样，我也经历了改变。不过，这并非源于疫情及其带来的种种悲剧，而是由分手和搬家所催生的。这种变化背后是心灵深处的呼唤：重新想想，自己想要的是什么。一开始，我意识不到这种呼唤。后来，它在心中来回激荡，让人喘不过气，但我仍然充耳不闻。然而，到了某个节点，这声声切切的呼唤让我再也无法自欺欺人。

我出生于英国牛津，在那个老派的城市成长，读书学习。

人生头几十年，我过得平平淡淡、事事称心、无忧无虑——就像寓言里的井底之蛙，坐井观天，以为头顶的一方天地就是整个世界。二〇〇八年大学毕业后，我去北京大学学了两年汉语。初来乍到，我完全不了解北京的文化，也不适应这种城市节奏。但正因为此，我头顶的"天花板"一下子打开了，青蛙从井里跳了出来。后来，我回伦敦工作了几年，但二〇一二年，我又回到了北京，开启了我的作家生涯，同时做些编辑工作。这一待就是七年。

那段时期，中国雄心满志，扶摇直上。我们这些来中国的外国人如饥似渴地感受着这里的一切。光是那些新奇亮眼的文化和五花八门的报道，就足以带来源源不断、让我回味一生的刺激。北京规模之大、节奏之快，令人心潮澎湃、兴奋不已。中国如巨兽般一往无前，我们就像附在巨兽脊背上的跳蚤，也被带着向前奔去。每天我都能学到新东西，颠覆认知。每晚都有丰富多彩的夜生活。第二天起床，这座城市又焕然一新。

二十一世纪初，中国在世界舞台上崭露头角，就像二十多岁的我，那时一切皆有可能。在经历了二十世纪八九十年代的经济开放之后，中国进入新世纪，一步步摸索着走向自由的新时代。四面八方的艺术家、摇滚歌手、自由思想者和冒险家聚集在首都北京。也有很多在北京的人忙着在这个全球最具活力的经济体中汲取养分、发家致富。

但从二〇一七年起，事情渐渐发生了变化。城市变得越来越让人喘不过气，生活不下去。混凝土高楼把一块块超级街区挤满了。为了阻止行人乱穿马路，道路中间竖起了栏杆。大街上车水马龙，尾气弥漫空中。城市化发展千篇一律，牢骚声不断。通勤之路漫长，车辆鸣笛不停。陌生的邻居，狭小的公寓，疯涨的物价，污浊的空气，这些毒素日积月累，聚积在这座城市的"肝脏"之中。

世界上其他地方也不令人乐观。唐纳德·特朗普加剧了美国的内讧，脱欧把英国搅得天翻地覆。充满敌意的气氛蔓延世界各地，社交平台上形形色色的人固执己见，愤世嫉俗，分裂对立，又和与自己观点一致的人聚集成小的圈子。大自然也在抗议我们对环境的破坏：山火丛生，洪水肆虐，全球升温。不平等趋势日益加剧：富人更富，穷人更穷。有些时候，我仿佛只是铺天盖地的新闻报道里一枚迷失的小齿轮，感觉未来渺茫，没什么可期盼的。

或许是我自己的问题——步入三十岁，我变得愈发固执、愤世嫉俗，而这恰恰是我曾告诫自己不要变成的样子。北京的外国侨民的生活迎来了颠覆性的变化，我的老朋友们离开了这里，我的人际关系出现问题，但我并没理会。首作出版后，我也没开始写新书，对工作兴趣恹恹。简而言之，我的生活一成不变。我还没准备好离开中国，但确实需要一次自我放逐，熬过严冬，等待春暖花开。

"咚咚咚"，敲门声将我吵醒。当地办事处来人了，他语气平淡地通知我，我所在的这栋居民楼是违章建筑，即将被拆除。如果有人问我想不想离开这里，我会说不想。但正是这样被逼着改变，让我明白，是时候迎接新的天地了。

有些东西必须改变。

我第一次产生搬到大理的念头，是在刷朋友圈的时候。我被炸炸的一条动态吸引了目光。他是个中国摄影师，三十几岁，人很热情。那时我已很长一段时间没见过他了。原来，他也厌倦了北京的生活，搬到了中国偏远角落里的一个山村。看他晒的那些新家的照片，我真希望自己也能搬到那里。他的新家带一个小院，石板地面，青草在石缝里探头冒尖，长势喜人，小院中间那块地上是青石铺就的太极阴阳图，旁边有棵柿子树，树下放了张长椅，他可以坐在上面看书。小屋的梁柱古色古香，屋顶还开了个天窗，窗外就是大理闻名遐迩的三座古塔，背后是高耸的山峦。

与我在城市中的住处相比，那里简直就是天堂——没有废气烟雾，远离车辆鸣笛作响，有时间去思考和呼吸。炸炸去村里的集市上就能买到旁边田里种的新鲜蔬菜。他可以悠然自得地慢慢上山，去看隐蔽在半山腰的瀑布；可以全身心投入创作，无须担心房租花费和生活开销。后来，我问他为什么要离开北京。

"北京确实挺有意思，"他跟我说，"但在那里生活和挣钱真的太难了，我不想那样。其实在北京，我并不开心。所以我搬到了大理，想换种生活方式。"

我常听见有人说要换种活法，可能是因为我也想这样，所以我开始留意身边哪些人和我一样在寻找。中国城市化的规模庞大、速度迅猛，使得许多城市问题被放大了。大家称之为"城市病"。改革开放后的中国只用了大约四十年，就赶上了西方国家花了几百年才达到的工业化和经济增长的水平。可现在，中国人停下脚步，开始思考：这一切是为了什么？我确实更有钱了，但我真的开心吗？现在经济和事业都得到了充分发展，可个人的发展又该如何？

网上有个很火的词，叫"内卷"，按我的理解，它的字面意思就是"被卷在里面"。如果你一天工作十二个小时，那你就是被这种加班文化"卷"了。如果你是个学生，你父母用兴趣班、补习班把你的周末安排得满满当当，那你就是被教育体系"卷"了。如果你每天通勤要两个小时，就为了有份工作，让你能还得起房贷、买得起车，好娶个媳妇，那你就是被社会共识"卷"了。当时的中国首富马云对"996"工作制（一周上六天班，每天从早上九点工作到晚上九点）赞不绝口，说这种制度其实是"福报"（起码对他的企业来说是这样）。但大家渐渐发现了资本主义嗜血成性的真面目。"内卷"就像仓鼠在轮子里奔跑，永无停歇。终于，大家开始反抗。

大家想，既然再怎么样也只能原地踏步，那还跑什么呢？反正好工作都已经抢完了，蛋糕也已经分好了。在今天的中国，前进一步难于登天，落后却易如反掌。有篇博文把"内卷"比作囚徒困境，配了张音乐会的图片：前排的人为了看得更清楚，站起来看表演。其实如果人人都坐着，观看体验也是一样的，但前面的人站起来看，后面的人也不得不站起来看。这不是进步，而是"内卷"。

于是，有人提出一种解决办法：不站着，也不坐着，直接躺下。这就是"躺平"，是对当前这种"内卷"制度的抵制。既然游戏背后有人操纵，既然社会阶层难以打破，那又何必做无谓的挣扎？直接退出竞赛得了。与其加班，不如睡个懒觉，打破你追我赶却踏步不前的死循环。极端一点，不如彻底逃离城市——逃离这座曾经吸引我们来此碰运气，最后却令人大失所望的城市。炸炸已经这么做了，他逃到了乡下。中国西南部的大理，乡间风光如画，大家戏称其为"躺平之都"。也有些人因为那里气候宜人、氛围悠闲，而称其为"大理福尼亚"。

中国人一直以来都奋力挤进社会上层，如今这种归隐田园的趋势与以往的奋斗目标截然相反。几十年来，乡下人只想走出农村，摆脱贫困。自二〇一一年以来，生活在城市的人口就超过了农村人口。然而，有些人生在中国一线城市，却想要逃离，回到祖辈生活过的土地。他们厌倦了大城市的灯红酒绿，向往一望无际的山野风光和鸡犬相闻的田园生活。经历了四十年的城市化发展后，人口流动的方向开始逆转。

即便如此，也只有少数人有这个条件或胆量，真的辞掉城里的工作。有些人家境富裕，想找个日光充足的地方躺着晒晒太阳，比如伦敦人在意大利托斯卡纳购置的小屋，或者纽约州北部的湖畔别墅。有些人身无分文,在城市打工,想逃离现状,走向新生。总之,这种逃离城市归隐田园的趋势,曾经只是星星之火,而如今已有燎原之势。炸炸就是一个代表:一个三十几岁,从事创意艺术工作的城市打工人,厌倦了城市生活,不想活成他人眼中的成功人士,只想过上自己真正想要的生活。

"我父母那一代人穷其一生努力奋斗,就是为了走出农村,在城镇安家,给我创造更好的条件,"炸炸跟我说,"他们理解不了我为什么要回到农村。"炸炸父亲是山东农村里的一名木匠,炸炸是家里第一个大学生,在他考上了北京的大学时,父亲欣喜若狂。他希望炸炸能去银行或者国企工作,虽然炸炸没有如他所愿,但他还是十分骄傲,跟邻居夸耀,说自己的儿子是个摄影师,不用在家种田。炸炸在城里买房、结婚、实现城市生活的梦想,似乎不过是时间问题。

可他搬到了大理,三十五岁还没结婚,父亲难以理解。炸炸的祖父是个农民,自己种地,种点蔬菜、粮食,填饱家里几口人的肚子。炸炸的父亲以前就过着这种生活,所以他和妻子希望儿子不要再过得这么艰苦。可现在,他们的儿子就住在农村,自己种菜,还发菜地的照片给他看,好像这是什么值得骄傲的事情。炸炸说:"说白了,他们就是觉得我是个失败者。"

一个中国家庭,经过两代人的努力,终于走出农村,进入城市社会——但第三代人,又回到了农村的那片土地。

"我就是觉得,人不能总是局限在别人的期望里,"炸炸说道,"大家都觉得人要找份工作,买车买房,赚很多钱。"他对这种社会期望的不适反映了中国的现状,大家崇尚经济富足,可这种过度的追捧造成了这个国家精神文明上的空白。现在该干什么?接下来要干什么?我真的开心吗?

"这就是我离开北京的真正原因,"他接着说,"不只是因为交通拥堵和物价高昂——这些人人都在抱怨。我想过一种更安静的生活,做自己想做的事,找到真正的自己。"

他的选择逃往之处——大理,是新生活的缩影,是"内卷"的反义词,是躺平之都,是"大理福尼亚"。在这里,看破尘世的一代人得以逃离,寻找新生。对我这样深陷泥潭、萎靡不振的人来说,大理实在让我心驰神往,无法抵抗。

大理位于中国西南部云南省的高原地带,横断山脉褶皱带贯穿其境。横断山脉西侧便是喜马拉雅山脉。于海拔两千米处,地势向西北渐升,绵延三百公里,直达西藏边境。缅甸距大理约一百六十公里,老挝则在大理东南边,距离更远。大理坐落于亚洲东南部的群山之中,在中国古代,此地曾是南方丝绸之路的贸易枢纽,人们常在此交易玉石、象牙、香料等货物,这里亦是茶马古道经过之处,这条道将普洱的茶园与青藏高原连接了起来。这里是个隐居的好地方。

大理山谷形成于印度板块和欧亚板块的碰撞挤压。地壳运动促使珠穆朗玛峰隆升,一直波及云南区域,大理西侧的苍山就是其中升起的一处褶皱。苍山绵延五十多公里,主峰高达四千一百二十二米。冬日，十九座山峰银装素裹，十八条冰川槽谷中，溪水潺潺而下。松树和冷杉组成的常绿针叶林覆盖着山脉，这也正是苍山得名的原因："苍山"意为"苍翠之山"。

苍山十八溪蜿蜒而下，注入洱海。洱海位于山谷中心，湖长约四十公里，形状像一只耳朵。"洱"在汉语中与"耳"同音，"海"则是"海洋"之意。洱海之水注入湄公河的上游的澜沧江，澜沧江又向南奔流，与发源于青藏高原的怒江和金沙江并行，形成三江并流之势，之后这三条亚洲大江又分道扬镳。千年来，洱海的淡水和丰富的鱼类资源一直是大理的命脉。因着这些资源，人们在洱海边逐渐形成聚居，还发展出了鸬鹚捕鱼的传统。

中国的成语"依山傍水"，描绘的正是大理这般山清水秀、宁静悠然的风水宝地。山谷中的大多数居民都居住在洱海西岸，此处地势自山麓缓缓往下延伸至湖畔。洱海西南角是一座较大的小镇——下关镇（现已并入大理市），因古时峡谷入口有重兵驻守而得名。洱海的北端是开发较少的上关镇，村落农田分布其间，这里几乎没有超过三层的建筑。

赫赫有名的大理古城地处下关镇与上关镇之间。此地曾是大理国的都城，后成为明朝的要塞，占地三平方公里。曾经，古城城墙巍峨，在东南西北四个方位各有一座高大的拱形城门。街巷如织，铺着鹅卵石。现在，除西、南两面城墙外，其他城墙都已被拆除，城里铺设起新街道，但城门依然保留着。那些散布在古城迷宫般街巷中的石砌房屋、半圆的屋顶和绿树成荫的庭院，仍然赋予了古城独特的魅力。古城西北方向的城墙外，三座古老的宝塔投下长长的影子，它们是逝去岁月的遗迹。

白族是大理的主要世居民族。中国有五十五个少数民族，其中有二十五个在云南有一定聚居区域。云南高原地带上还有山地部落彝族、信奉萨满教的纳西族及其支系——实行母系社会制度的摩梭人，以及信奉佛教的藏族。白即"白色"，这一民族因祭祀仪式中所佩的帽子上的白色须穗而得名。白族有自己的方言、宗教信仰（主要是本主崇拜）和节日（主要是夏末举行的火把节），与汉族存在显著的文化差异。在外来人口迁入这个山谷之前，生活在此地的几乎只有白族人。

时移世易。大理曾是独立王国，抵御过唐朝入侵，但于十三世纪被蒙古人占领，后又被纳入明朝的版图。汉族人迁居此地，随着汉族、回族以及其他民族的迁入，白族的日常生活中融入诸多汉族习俗。不过，他们离中国的政治中心仍然足够远，因而能不受过多干扰，隐匿在这个如诗如画却又偏远贫穷的山谷之中。

过去几十年，大理吸引了一种新型外来者。二十世纪八九十年代，很少有人会来大理旅游。那时，古城和周围村庄尚未被开发，这里只有土路、农田和破败的房屋。山脉让大理风景如画，却也使中国东部沿海地区的现代化成果难以惠及此地，以致大理发展滞后，人民贫苦。可这正是现今的旅行者所追求的：一个尚未被城市化浪潮席卷的乡村，一个远离城市政治中心的避世桃源。

进入新世纪，大理成了资深背包客的热门目的地，它是贯穿东南亚的"香蕉煎饼之路"[1]向北的延伸。那时，古城的主干道（也就是西方背包客所说的"洋人街"）边上，坐着很多当地的白族奶奶，她们用蹩脚的英语向来来往往的外国游客推销。

有些旅行者来到大理之后，就在此定居了。从城市来到大理的人在古城租住石屋，一年租金只要几千元。一位《孤独星球》的撰稿人非常喜欢大理的氛围。他甚至不愿将大理写入杂志，生怕太多人慕名来此。还有两个美国人开了家咖啡馆，名叫"萨尔瓦多"，取自"另一个Dali"[2]。咖啡馆旁边是几家潜水吧，有坏猴子酒吧、鸟吧、蜥蜴酒吧，主要面向定居大理的外来人群。这些人住在便宜的院子里，研究当地草药，过得松散随意，怡然自得，希望自己的秘密天堂不被外界打扰。

但这里还是被发现了。北边的丽江古城在一九九六年地震后翻修重建，发展成了旅游胜地。起初，大理政府还未将此地打造成商业化旅游景点，但二〇一〇年后，古城翻新，房租水涨船高，纪念品店摆起了地摊，那些嬉皮士搬到了景区外的村庄。大理愈发出名，成了远离城市喧嚣的好去处，

---

[1] 原文为 banana-pancake trail，指东南亚地区一条非常受欢迎的背包旅行路线。——编者（如无特殊说明，本书脚注均为编者注。）
[2] 此处指萨瓦尔多·达利（Salvador Dalí），而"达利"与"大理"谐音。

想喘口气的旅客可来此放空，想从城市逃到农村、寻求新生的人也来此定居。

在此热潮之下，二〇一四年，中国民谣歌手郝云写了首红极一时的歌——《去大理》。歌词正中时代的精神："是不是对生活不太满意？很久没有笑过又不知为何。既然不快乐又不喜欢这里，不如一路向西，去大理。"

虽然迁徙至此的城里人来自不同年龄段，但他们被统称为"返乡青年"。有些人自称"新移民"，还有些人直接把自己叫作"新大理人"。

早期定居于此的人对大理的发展现状颇有微词，不愿看到它变得如此商业化。然而，大理已然吸引了公众目光，这种变化是不可避免的。况且变化正是选择迁居大理的人所追求的——新的生活方式，新的家园，新的视角。面对如海啸般汹涌而来的变革，我们应当做好卷入浪潮的准备，螳臂当车只会让我们淹没在海中。

惰性是一种与动机同样强大的力量。虽然我对大理的生活早有向往，但那只是朦胧的、未曾言明的憧憬，并非实际的计划。直到生活中的情况促使我做出切实的改变，我才开始将想象付诸实践。

我和前未婚妻是在二〇一三年在北京一家书店排队时认识的。那时，我俩都刚来北京，正值大好年华。经过两年的相处，我们走到了一起。我们躺在家里天台上的吊床里接吻；

我们在公园跑步，然后又在雨中接吻。我感觉自己正慢慢坠入爱河，根本无法自抑，就像一块逐渐融化的巧克力一样。有一次，在我们去北京郊外爬山的途中，我在关帝庙外的宝塔里单膝下跪，向她求婚了。我们原计划在二〇一九年夏天结婚。可是，就算我们努力磨合，感情还是出现了裂痕。而且令人心碎的是，我们的婚姻显然不会幸福。在距离婚礼还有两个月的时候，我们取消了婚礼，最后一次尝试挽救这段感情。但最终，在二〇二〇年年初，在新年的第二天，我们还是在去土耳其伊斯坦布尔度假时分手了——本来，我们是计划去那里度蜜月的。

分手后那两周里的一些瞬间，如同壁画一般凝固在我的记忆中，每一段都清晰而深刻，画面之间的间隙却一片空白。我们决定分手后，在渡轮上听披头士乐队的《顺其自然》。第二天，我独自飞回中国，茫然若失。两周过去了，我俩坐在沙发上，猫咪卡茨比在地上斑驳的光影中玩耍，门口放着我打包好的行李。我们手挽着手，一言不发，但心照不宣。我麻木地走出家门，看着我原以为熟悉的一切逐渐崩塌，内心却出奇地冷漠，仿佛这是别人的世界。

我内心很抗拒把自己的故事按时间线梳理完结。就这样吗？我的心在哭喊。就这些吗？这只是众多千疮百孔的失败恋情中的一例吗？那我们在一起的那些时刻呢——那些欢声笑语的夜晚，点点滴滴的爱意，那些共同经历的挣扎、艰辛、疑虑和泪水，这些难道都不存在吗？我失去的不仅仅有她——这个我曾以为会与我携手共度余生的女子，还有我对未来的憧憬，对以后的希望，以及我曾梦寐以求的生活。现在这一切都不存在了，我像一叶孤舟，漂泊不定。以后的日子里，我也不知道会发生什么，不知道自己该何去何从。她肯定也有这种感受，想到这里，我内心更加痛苦，因为我们已无法再为彼此提供慰藉。

在这绝望的空白之中，一个念头在我心中悄然萌生——我可以搬去大理。

之前我去过几次大理，看炸炸和其他朋友。但出于感情和事业原因，我不可能搬去大理。不过现在我分手了，还可以远程进行编辑工作，那搬去大理也不仅变得可行，而且顺理成章。在那里，我可以隐居，疗伤，探索未知。那些从城里来到山里的人，就是想逃离城市，摆脱"内卷"，甩掉那些促使我们去寻求更深层次蜕变的个人情感波澜，我与他们并无二致。

昆明和大理之间开通了高铁。曾经需要八小时的大巴车程，如今高铁仅需两小时即可抵达。我买了张单程票，只带了一个行李袋和一个装着必需品的背包，登上了开往新家的列车。

中国有则寓言故事在我身处困境时给了我慰藉，那就是《塞翁失马》。故事的主人公是一位老人，他的马跑丢了。

左邻右舍都来安慰他，说："真不幸啊。"

老人却说："这怎么就不是件好事呢？"果然，几天后，他的马带着两匹骏马一起回来了。

大家都来祝贺他："太棒了！"

老人却说:"这说不定是件祸事呢?"结果,他儿子在骑其中一匹马时摔断了腿。

邻居们又说:"太惨了吧!"

老人答:"这说不定是种福气呢。"后来,军队来此招募士兵,儿子因为瘸腿免于征战。

故事如此,生活亦是如此,不断地继续着。

坐在开往大理的列车上,沿着轨道穿过云南的逶迤群山,我穿进一个又一个隧道。想起前尘往事,泪水在我眼里打转。我安慰自己,没关系,是福是祸尚未可知。内心深处,一个小人觉得这是祸事,因为我要独自一人回到原点,但另一个小人又隐隐为这种能够重新开始的自由而兴奋。激动之余,我又有点内疚。这就是我一直想要的吗?难道我一直在找独自出走的借口?想到在大理可能会发现的新鲜事,我心潮澎湃,可每当脑海中浮现她的面庞、她的笑容、她的声音时,这些又如重锤击中我心。激动与痛苦交织在一起,我心中充满了矛盾。

我渐渐明白,无论我怎么自欺欺人,都必须承认,我不开心。有些事情不对劲,好像缺失了什么东西。我在北京感受到的那种不适,以及在感情中缺乏满足的感觉,都是某种更深层次问题的表现。那些从城市回到村里的人称之为"城市病"。但我感觉自己的症状比城市病更严重。精神方面的疾病?中年危机?无论何种标签都显得太过苍白和老套。我内心有个空洞,需要一些真实、长久的东西去填满。我尚不清楚那究竟是什么，也不确定能否在大理找到它。我不知道我会在大理待多久，不知道这是福还是祸。我只知道，火车在不断前行，再过一个隧道，我就要到了。

中国有一个传说，源自五世纪的一篇名为《桃花源记》的古典散文。相传，有个渔夫顺着一条偏僻的溪路行船，驶进一片茂密的桃花林。在溪水源头，他发现了一个山洞，从洞口进去，费力地穿过一条隧道，就来到了一个隐秘的山谷。此处高山环绕，桃花盛开，良田美池，鸡犬相闻。山清水秀，风光宜人。村里人热情接待了渔夫，他们的祖先为了躲避秦时的战乱，偶然来到这个山谷。在这里，"黄发垂髫并怡然自乐"，大家安居乐业，顺应四时，与自然和谐共处。这是人间的乌托邦。

渔夫在这里度过了天堂般的时光，随后离去。村民叮嘱他勿向外人透露此地，但他还是在归途中做了标记。回到尘世后，他向人们讲述了在山谷中的奇遇。但无论人们怎么努力，派多少官兵寻找此地，却无论如何都再也找不到了。

《桃花源记》的故事在时局动荡的东晋末年有着特别的吸引力。这篇文章的作者陶渊明最终选择辞官归隐。他写道："羁鸟恋旧林，池鱼思故渊。"在陶渊明理想中的世外桃源，没有官僚统治，没有政治纷争。这种回归自然、返璞归真的思想融入了中华民族的灵魂深处，正如香格里拉对西方人的影响。

其实，香格里拉是用西方人所构建的东方主义视角对同一传说的重新演绎。一九三三年，英国作家詹姆斯·希尔顿在其畅销小说《消失的地平线》中创造了香格里拉这个词。书中，三个英国人和一个美国人逃离战火纷飞的阿富汗，途中飞机遭到劫持，迫降在西藏山区。他们幸存下来，打算在附近的一个喇嘛庙找个住处，被告知这里是四季如春的"蓝月山谷"。此处与文明世界隔绝，居民长生不老，没有战争，没有犯罪。除此之外，这里还有一些欧式现代化设施，如暖气、藏有英国经典作品的图书馆、三角钢琴等。这些都由一位二百五十岁的最高喇嘛管理。故事主人公是一名英国外交官，名叫休·康威，与《桃花源记》的主人公一样，他最终离开了香格里拉，后来就再也找不到此地了。这两个故事都想告诉世人，世外桃源可望不可即，只是一种幻想罢了。

今天，香格里拉和桃花源的故事引发的幻想不仅围绕着这两个隐秘之地，还包含了人们的希望与梦想，从中可以看出大家渴望过上怎样的生活、成为怎样的人。我们仍在寻找现实中的香格里拉或桃花源，这是因为我们在寻求内心的逃避，这种逃避折射到行动上，就是寻找那片土地。其实，内心深处，我们都知道这种地方并不存在。就连托马斯·莫尔提出的"乌托邦"一词，词根也在暗示这种地方是"子虚乌有"的。

然而，这并没有阻止我们沉浸在这种幻想之中——或者以此谋利。云南省内位于大理西北方向的地方有一个藏族县城叫中甸，二〇〇一年，当地政府正式将其更名为"香格里拉"。这个人造的世外桃源坐落于高山峡谷之中，有草原野马、各类冰湖，距雪山和国家级公园也不远。然而，香格里拉"古城"却是个旅游陷阱。二〇一四年，一场大火肆虐香格里拉，火灾之后，该地得以重建。重建后的香格里拉光鲜亮丽，商店招牌由政府发放，字体、颜色都保持一致，这些商店大多是藏式饰品店，还有牦牛火锅店。

在大理和香格里拉之间的丽江，似乎更有资格获得"香格里拉"这个名字。二十世纪二三十年代，美国植物学家约瑟夫·洛克以美国《国家地理》杂志撰稿人的身份来到此地，撰写关于当地植物、地理环境和纳西族风俗的文章报道。詹姆斯·希尔顿读过这些，据说这也是《消失的地平线》的灵感来源。洛克所住的村子名叫玉湖村，坐落在玉龙雪山脚下。玉龙雪山峭壁嶙峋，山顶积雪，酷似《消失的地平线》中的雪山。山间有一个小湖，山峰恰好倒映在蓝如宝石的湖水中，后来，这里更名为蓝月谷，吸引了成群结队沿着"香格里拉路线"前来打卡的游客。

还有些人想在中国建个自己心中的世外桃源，远离尘世喧嚣。艺术家、作家欧宁离开北京，在安徽乡下发起了"碧山计划"。在广州郊区的七溪地，一群逃离城市的人在城市边缘的高楼大厦缝隙间开辟了有机农场。项目创始人亲力亲为，自建居所，织衣耕田。有媒体戏称他们"有妄想症"，试图"挑战现代文明"，但他们反驳说，现代社会的"传统价值体系"并不能让他们活得像在山里这么快乐。

这些城市逃离者其实延续了中国源远流长的归隐田园的传统。除陶渊明外，历史上不乏躬耕田园的朝廷命官，比如赫赫有名的宋代官员——苏轼。他仕途不顺，被贬黄州，因在黄州东门之外的坡地垦荒耕种，自号"东坡居士"。千百年来，宗教信徒大多隐居在中国中部的山区。老子、庄子等道家先贤，漂泊不定，清贫自在，与儒家积极入仕的追求截然不同。他们和如今的我们一样，想找到世外桃源般的隐居之地。

对我以及其他许多人来说，大理仍然是最有资格被称为世外桃源的地方。二〇〇九年，我初访大理。那时我刚到中国不久，和当时的女朋友沿着滇西北的徒步路线旅行。大理的鹅卵石街道、狭窄的水道，以及远处白雪皑皑的山峰和清澈的湖水，都让我充满了遐想。这里就像真正的香格里拉。旅游业发展，许多外来人口涌入，打破了这里的宁静，但大理在我心里仍是隐居、自由、逃离的象征。关键不在于身处何地，而在于如何看待这里。这不是一个具体的地点，而是一种心态。一直以来，香格里拉更多的是精神上的世外桃源，而不仅仅是一个现实中的地方。

就在我想着这些的时候，列车驶出了最后一条漆黑的隧道，阳光刺得我睁不开眼。大理就在眼前。在我看来，大理这两个字的意思是"远大理想"，就连名字也带着乌托邦的意味。阳光洒落湖面，波光粼粼。群山悠然俯视着下关镇那些满是尘土的屋舍。如同《桃花源记》中所写的一般，我走出长长的隧道,来到了一个偏僻的山谷——这里不再与世隔绝,但对我来说仍然充满意义和希望。

从现在起,这里将成为我的家,陪我度过即将到来的春节。虽然我是失意而来,但来到此处,也充满了重新开始的希望。我知道大理并非完美的世外桃源,但归根结底,世外桃源始终由我们的内心创造。

二〇二〇年一月十八日,我三十四岁生日的前一天,离鼠年春节还有一周的时候,我来到大理定居。新的一年,新的开始。

在我给自己找房子期间,炸炸在他住的村子里给我找了间空房。这个村子叫三文笔村,位于古城西北方,正处于建于九至十二世纪的大理三塔的庇荫之下。后面两座佛塔略微倾斜,据说是在一场地震中失去了平衡导致的。前面那座最高的大佛塔高约七十米,直指云霄,曾于二十世纪七十年代进行了修缮加固。塔旁的聚影池水清如镜,塔刹倒映在其中。塔后,错综复杂的小巷交织成网,延伸进村子的各个角落。

村心小庙有两层,里面供奉着魁星。魁星是民间有名的科举神祇,掌管文学和考试,单足踏鳌,手执朱笔。庙旁就是炸炸的院落,也是他的摄影工作室"X空间"所在之处,正对鹅卵石铺就的小径。小径对面是家手工咖啡店,面向来此定居的外来人口,售卖单一产地咖啡豆冲泡的咖啡,价格高昂,旁边的一个当地菜市场则以极低的价格出售水果。

我的住所还要再往里一点，在一处合住的院子里。房东是一位瑜伽老师，来自福建省，名叫雅玲。她身材婀娜，皮肤是小麦色的，笑声爽朗，不喜欢坐办公室。雅玲在印度旅行了好几年，而后于七年前定居大理。她教我们这些新来的移居者瑜伽，有些人身体僵硬，拉伸不开，她也不管，硬将学员们的身体扭得奇形怪状，不像教课，像在施刑。她的哥哥是一个头发稀疏的、腼腆的人，绰号是"柠檬"，和她住在一起。他白天去山上茶园里采购茶叶放在网上卖，晚上边品茶边看些励志书籍。

兄妹俩的生活状态，有人可能会觉得很邋遢，也有人会觉得简朴。他们住在一个石砌的屋舍里，没怎么装修。木梁上会掉下灰尘，半塌的墙壁上，灰泥也在剥落。院子里有个厕所，另一侧是个看上去快塌了的厨房。他们把主屋旁边的牛棚改成了单人间，做了只够放一张床垫的夹层，租给了一对从深圳过来的年轻夫妇。我的房间布局方正，正对着院子，空荡荡的，像间牢房，房里只有一桌一床一椅。窗外，紫色的九重葛正缓缓从带铁栏杆的窗户探进来。

雅玲上午在院里悉心打理柿子树旁的菜地，她在那里精心有序地种了些青菜和块茎类作物。下午，她摘点蔬菜做饭，或煎或煮，或清炒，或炖汤。柠檬则盘腿坐在檐下茶桌旁，按照仪式般的程序沏茶倒茶。深圳夫妇待在牛棚改造的单人间里玩电子游戏，游戏屏几乎占满小屋。弗兰基是《英雄联盟》职业联赛的冠军，靠直播打游戏赚钱，他女朋友在旁边画些迷幻错乱的自画像，画中她的脸上爬满了蜘蛛。雅玲沿着屋顶养了一排仙人掌盆栽当作护栏，把这儿弄得更像监狱了。

起初，这并不是我想象中的大理。我幻想中的香格里拉在哪里？那片肥沃的山谷和充满欢乐的田野又在哪里？后来，我明白了，其实我就在其中，只是它以更质朴的形式展现——四面高墙围起一方天地，让人得以远离尘嚣，过着简单而又花费不多的生活。这里一年的房租才七千元，在北京市中心，这些钱只够在一间狭小公寓住一个月。

我问雅玲，她终日打理菜园，做做饭，练练瑜伽，几乎足不出户，会不会觉得生活枯燥无味？她看我的眼神带点怜悯，又带点不屑，就像在看一个仍被都市生活节奏束缚着的城里人。

"这样的生活太完美了。"她答道。在我看来，她的生活处处受束缚，于她而言，这却是绝对自由。她继续道："我可以每天做自己想做的事，不用为钱焦虑，不用担心他人眼光。"对她来说，自由并非实现社会认定的成功，而是放弃追求这些。她实现了在西方世界，在各大城市永远实现不了的经济自由。

"我来大理就是为了逃离主流社会。"她说。在中文里，主流指的是水的主要流向，新大理人自视为"非主流"。但雅玲又说："其实，没有人能彻底脱离社会。社会如浩瀚江河，你也许可以像我们一样，躲进一条小溪，但小溪终将流向大河。"最后，她总结道："起码，在小溪里，我们能随心所欲。"

社会的洪流会流过大理，却不会将她卷入其中。

中国社会充满了各种雅玲想要逃离的传统观念。比如要拥有房产和汽车，背负房贷，成为"房奴"，加班加点工作。要在别人眼中有一定的社会地位，要早早结婚，生儿育女。雅玲单身，不想谈恋爱，而且讨厌别人（尤其是她的父母）认为她不结婚就不会幸福的这种想法。

"当我不再听别人告诉我该做什么的时候，"她总结道，"我才真正开心起来。"

她的哥哥柠檬也是这样。他正在办理与福建老家妻子的离婚手续（应父母之命，他们很早就结婚了）。炸炸也打算一直单身，他来大理有部分目的就是摆脱来自家庭传宗接代的压力。

他说："大家都说结婚是人生巅峰。但这只意味着从此你就开始走下坡路了……对我来说，一个人生活才是真正的自由。"

我还不大习惯回到形单影只的生活，不大习惯靠自己而不是另一个人来定义自己的身份。有时，这种感觉让我闷闷不乐和孤独；有时，我又觉得这样很自在。然而，分手带来的伤痛依然刻骨铭心，初抵大理的那周，我几乎忘却了时间的流逝，记不清日子是如何一分一秒、一小时一小时地过去的。我睡懒觉，看 YouTube 上的视频，盯着墙壁发呆，在社交媒体上漫无目的地浏览。我自怨自艾，觉得自己好像在过着别人的生活。我的生活节奏渐渐和我的"院友"趋同——我跟柠檬一块喝茶，品尝雅玲做的饭菜，回到我的香格里拉"牢房"，躺在床上玩手机。

生日那天，我一整天都坐在屋檐下破破烂烂的棕色扶手椅上，椅垫残缺不全，里面的泡沫填充物都露了出来，我就这么陷在椅子里。椅子旁边放了个桶，接着从房梁上麻雀窝中落下的粪便。窝里是两只叽叽喳喳的麻雀，它俩最近孵出一窝小麻雀。我茫然地望着院子，粪便滴滴答答地落入桶里。我抬头往上看，雏鸟嗷嗷待哺，它们的双亲则往返觅食，悉心哺育幼雏。

千禧之年将至时，我还是个孩子。我曾幻想二十年后，即二〇二〇年，自己应该已经有了小家庭。十三岁那年，我想，到了三十几岁，我的人生会进入一个漫长而稳定的阶段，直至生命尽头。我会在某个地方定居——生活定型，结婚生子。然而，二〇二〇年到来了，却与曾经的幻想大相径庭。新年伊始，我开始独自生活，没有自己的家，再次踏上陌生的土地，如同无根的浮萍。

长久以来，寻觅新天地的移居者不断来到大理。据说，大理原住民族白族的祖先和传说中的桃花源居民一样，也是为了躲避北方的战乱而来到此地——公元三世纪，正值战火纷飞的三国时期，他们从中原南迁而来，在洱海之畔发现沃野，于是定居于此。

据当地传说，那时洱海的水位比现在高得多，几乎涨到了苍山的山脚下。山谷中有毒龙作祟，在中国神话中，此类毒龙栖身水域。人类闯入毒龙的领地，招致其怒，毒龙兴风作浪，制造灾难，引发洪水，让人类的生活变得艰难。所幸，一只金翅大鹏挺身而出，与其激战，将其击败，赶走，水位也随之回落。

在大理传奇的历史中，大部分时间里它确实是名副其实的"世外桃源"。公元前三世纪至二世纪初，滇国疆域辽阔，囊括今日云南大部分地区。七三八年，领主皮逻阁一统分散部落（即"诏"），建立南诏国，以太和为都城，因为这个山谷能提供天然的防御屏障。今天的大理就建在太和城遗址之上。在将近两百年的时间里，南诏作为一个独立国家日益强盛，其面积大于法国国土面积，坐落在吐蕃王朝和中原唐朝两大帝国之间。七五四年，唐朝派兵征讨南诏，但始终未能越过高山隘口。

南诏国向南扩张至如今的缅甸、老挝和泰国等地，很快控制了东南亚的大部分地区，势力范围远至青藏高原。他们还多次侵入成都，一度占领此地，后被唐军击退。之后，他们想到了更简单的办法——与唐朝公主联姻。但后来，南诏国近臣谋杀王族，弑君夺位，联姻计划未能实施。九〇二年，南诏陷入内战。

九三七年，段思平统一疆域，这片土地成了"大理国"。彼时，大理国已是妙香佛国。南诏国后期至大理国段正严、段正兴时期，此地崇奉佛法，先后修建了三座佛塔，主塔十六层高，南北两座小塔各十层高，每层的每面都有一尊佛像。三塔上方，崇圣寺的建筑群巍然矗立在山巅，这里专供王室使用。大理国独立期间，历经二十二位国王统治，其中九位禅位后出家为僧，至今仍被尊称为"僧王"。

一二五三年，大理经历了与欧亚大陆相同的命运：被蒙古人入侵。蒙古大军在征服西藏后，成吉思汗之孙，也就是令吐蕃王国臣服的忽必烈亲自率军，攻克大理。大理国奋起迎战，但据说有个叛徒泄露了进入大理的秘密通道，忽必烈的军队得以如温泉关战役[①]中那般进入大理山谷。攻下大理后，这里也成了忽必烈进入中国的后门。一二七一年，元朝建立，此后，宋朝覆灭。大理名义上归属元朝，但实际仍在段氏家族的统治下。

直到一三八一年，明军挥师云南，彻底击溃了大理国的残余势力，大理所在的山谷才完全被纳入中国版图。明军疏浚了洱海旁的沼泽地，沿洱海西岸开垦了大片土地，修建带有城墙的堡垒，建成了今天的大理古城。城墙厚度约有六米，仅设东南西北四面拱形城门供人进出。住在城里的大多是外来汉族人，而当地白族人——当时被称为"民家"——则住在山脚下更高处的村子里。

十七世纪初，满族侵入中原北部，南明末代皇帝逃亡云南，负隅顽抗，最终被抓住，在昆明遭弓弦勒死。一九一一年，清朝覆灭。军阀混战时期，大理属"滇系军阀"的一部分，

[①] 希腊历史上著名的以少敌多的战役，因叛徒出卖而失败。

与北洋军阀分庭抗礼。"二战"期间，大理没有被日军侵占，其战略地位至关重要。因为这里是滇缅公路的重要部分，而滇缅公路为早期的抗战提供了物资补给。这里也对美军的驼峰航线意义重大，因为从重庆飞越云南山区增援盟军也需要途经此地。

一直以来，正是这些崇山峻岭，让大理在几个世纪的战火纷飞间岿然而立，远离外界的影响。不过，没有哪座山是高到无法逾越的。在中国共产党执政的七十多年里，中国飞速发展，穿过大山，修建铁路，越来越多的汉族人来到这里，在此建立与中国其他行政区域一致的政府管理体制。大理曾是古老的、独立的王国，但现在早已不再与世隔绝——也许只有在我们心中，还能这样看待它。距离第一批移居者定居大理已有两千年了，如今，又有一批新的、势不可当的外来者涌入大理，那就是：城市逃离者。

二〇二〇年的春节是一月二十五日。中国农历以月亮盈亏周期为依据，每次月相朔望变化为一个月，一年共十二或十三个月。大月三十天，小月二十九天，初一是新月，十五是满月。为与太阳年相协调，农历每隔两三年增设一闰月，故而春节日期每年不同，但始终落在冬至后的第二个月，阳历时间则通常为一月底至二月初。

为了给每一年命名，中国人将十二生肖与五行（金、木、水、火、土）相配，正好六十年为一周期，周而复始（还有更复杂的纪年法，包括"十天干""十二地支"，以及阴年阳年）。二〇二〇年是"金鼠年"，是周期的一次重置。鼠在十二生肖中排在首位，这源于一个古老传说：相传，天庭选拔十二生肖，先到者排在前面，而老鼠拿了第一名（牛率先渡河，但老鼠站在牛背上，捷足先登，不过也有人认为，龙更有优势赢得比赛）。

中国新年，也就是春节，与西方新年一样，象征着新的开始。节前几天，雅玲按过年习俗打扫了院子，寓意辞旧迎新。大门两边是毛笔写的红纸对联，不过字迹已然褪色。雅玲撕下旧对联，贴上新对联，上联"天地蕴灵生机满"，下联"春风拂院旧尘消"，横批"万象俱兴"。门上的"福"字倒贴，因为福倒了，即"福到了"。

每年这个时候，大部分中国人都会回家吃团圆饭。但这一年疫情从武汉开始扩散，许多人只好留在住处，不回老家。但无论是否能回去，我们这些从城市搬来的人都不想离开大理。

"我的家人就在这里，这里就是我的新家。"炸炸直白地说，"我为什么要回去？"他一想到要见到父母就害怕，怕父母以他这么个没稳定工作、没娶媳妇的儿子为耻。这是春节期间，全国各地年轻一代普遍面临的困境。但在大理，这些城市逃离者已彻底摆脱了社会期望的枷锁。

除夕夜，雅玲、柠檬还有炸炸借来一套DJ打碟台，在院里为我们这个非主流大家庭办了场派对。他们挂起彩灯，做了一桌丰盛饭菜，还用了一对大到能放倒一头角马的低音炮音响放歌。按照习俗，午夜时分要放鞭炮（相传，年兽惧怕爆炸声与红色，人们便放鞭炮驱赶）。一长串红鞭炮已经放在一箱箱烟花旁边，随时准备点燃。

黄昏时分，他们的朋友陆续过来了，我见到了村里其他逃离城市的人，他们退出主流社会，来这里安然"躺平"。每个人都有自己的绰号，仿佛要以此来宣告他们的新生。大熊是个北京人，身材魁梧，留着一头鬈发；鸽子是个瘾君子，梳着麻花辫，脸上总带着嘲讽的笑容；还有位胖胖的中年人，之前在政府部门工作，大家都叫他"领导"。每个人离开城市，来到大理的原因各不相同。但在篝火温暖的光芒和米酒的作用下，每个人的故事交织在一起——他们都是为了自由而来。

在大理，大家反复强调这种对自由的追求，甚至到了自我说服的程度，仿佛只要把这个词重复足够多次，它就能成真。大家摒弃物质追求，不再沉迷于传统意义上的成功，转而追寻个人满足：逃离城市化，远离资本主义，在苍翠群山的荫蔽和洱海的波光中寻求安宁。

那种极具感染力的自由，那种不顾一切逃离的洒脱，也让我感同身受。这群在乡下喝醉了的城里人，不只尽情放纵，更挣脱了束缚。他们偏离主流，随心漂泊，不受他人眼光所累。在这里，他们的城市病痊愈了，在城里拼命"内卷"、追求出人头地的压力也消散了。在这里，他们可以只做自己。

在这场盛大的狂欢里，孤独却如潮水般向我袭来，比我之前所意识到的更为强烈。我站在陌生人中间，带着假笑，内心已被孤独吞噬。我逃来这里，却陷入了自我怀疑。我搬到大理是否只是为了逃避？追寻新的开始，是否只因不想为一段感情付出努力？这一切，是否只是虚幻的泡影？又或许，在经历了人生中在精神上最疲惫的三周之后，我只是筋疲力尽了。

天气很冷，离午夜只有几分钟了。冬日空气中弥漫着丝丝温和的凉意。这让我想起了那些几乎被遗忘的人生转折时刻。每吸一口气，都有股清新气息沁入心脾，直抵我那被雾霾侵蚀的肺腑深处。我确定，这是春天的第一缕气息。

于我们这些新大理人而言，这是场实验，体验不同以往的生活方式。我们选择离开城市，退出主流，以新生的名义，重燃我们的旧生活。贝斯砰砰作响，欢呼声此起彼伏，鞭炮噼啪四溅，烟花绽于天际。时至午夜，院里炸开了声，大家都在迎接鼠年的到来，迎接新的开始，迎接新的循环起点。午夜，阵风习习，拂过整个派对，这是个好兆头：春风已至。

春

风　　　起　　　时

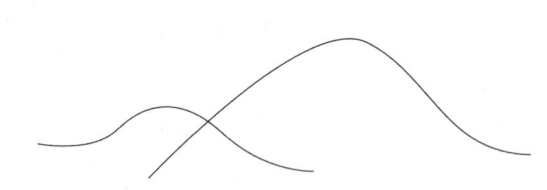

风花雪月——按照当地的一种说法，这是大理的"四景"，也是当地一个啤酒品牌的名字。有人从地理上解释大理的风花雪月：南边山风习习，北端鲜花遍地，西面积雪浮云端，东边月映洱海水。也有人说，此地四时分明，春风送暖，夏雨润花，秋雪覆山，冬月皎皎。各种说法不尽相同，但公认的是，冬末春初之际，大理多风。

毫无预兆地，一阵微风就可能变成呼啸的狂风。洱海吹来的冷气逼退了陆上的暖流，刹那间，疾风卷来，飞沙走石，而后又迅速平息，下一次狂风默默酝酿。夜里，风从山中呼啸而下，如同饥饿的狼。即使空气是静止的，它也充满了无声的力量，仿佛在准备，要在季节交替、世界吸进新的气息之时清扫万物。

春风吹散了冬日的阴霾和尘埃。它推动着我们前行，为我们的船鼓起风帆，但有时也具有破坏力，甚至是彻底的破坏力。然而，破旧方能立新——不摒弃旧物，又怎能为新事物腾出空间呢？春风播种，将种子吹向远方，在肥沃新壤处生根发芽。人生的风猛烈地吹向我们，把我们吹得支离破碎。但唯有如此，种子才能发芽生花。

为了新的开始，我在大理找寻属于自己的院子。我在雅玲和柠檬家院子里住的房间太小了，在那空荡荡的四面墙里待久了，我心中也围起了墙，我得找个能舒展身心的新空间。为了在大理四处兜风，我买了辆便宜的二手雪铁龙汽车，给它起名叫"红鲱鱼"。年后第一周，我满怀新开始的喜悦，驾车四处探寻。

在大理，探院是最受欢迎的消遣方式。穿梭于山谷中的各个村庄，可见新房与旧宅交织，它们被摇摇欲坠的石墙隔开。爬上石墙，墙的那边很可能有个杂草丛生的院子，有个久无人居、可供修缮的房子。与逆向移居者相反，乡下人还是想去城市，他们搬去城里后，农村的房子就荒废了。看着这样的房子，你心中已悄然描绘起翻新的图景：放个沙发，养个小猫，搭个书架，想着在下雨天该读哪本书。一天的漫步可能会让你想象出十几种不同的生活可能。然后再去另一条路，另一个村子，想象另一种生活。

如果真有那么一栋房子完全满足你的想象，那修缮之事便提上了日程。你得四处打听，找到房主，谈妥十年或二十年的租约，然后按自己喜好装修这栋残破的农房，成本与在上海市中心买套几平方米的小屋子差不多。修葺工作能耗费一个完美主义者几个月甚至几年时间。但这正是其意义所在：有一个可以忙碌的项目，有一个可以去构建的新生活，从擦洗橡木开始，一步步进行下去。大理的每个村庄，都有新移居者装修过的房屋，他们都在寻找自己的乡村隐居之处。

我的探院之旅就像对大理地理的一次速成学习。第一站是大理古城以南的凤阳邑村。该村落就在下关镇北边，是茶马古道上一个铺着鹅卵石的歇脚点。这里的许多院落正凄美地走向荒芜：泥墙剥落，杂草和竹子从院子的石板间钻了出来，半铺着瓦片的屋顶上枯草摇曳。大自然在恢复原貌。但这些院落里没有厕所，我不想自己费力装厕所，更不想半夜去上公厕，因此不感兴趣，离开此地，前往下一站。

下一站是观音塘，民居大多分布在供奉观音菩萨的庙宇周围。相传八世纪时，唐兵侵扰大理，观音化身老妇，朝唐兵扔去巨石，吓退了他们。那块石头至今仍在寺庙下面。但这里跟三文笔村一样，离大理古城很近，建筑较为密集，餐馆比比皆是，游客络绎不绝。我来大理就是为了远离人群，所以我打算走远一点，去别处看看。

古城以北是通往西藏的柏油干道，车辆渐渐稀少。道路西侧，群山耸立，让人望而生畏。铺好的小路蜿蜒穿过农田，通向山脚下星罗棋布的大小村落。从第一个路口左拐通向无为寺。沿着小路走进森林，不远就能找到这座寺庙，它还为外来游客开设功夫课程。这里的确让我心动，但旁边的村里有个采石场，锯声轰鸣，烟尘飞扬，打破了这份宁静。

再往前，村落逐渐稀少，每个村子的名字都很有意思：双鸳、磻溪、鹤阳、小庆洞。有的村子依山而建，有的坐落湖畔，村与村之间是大片农田。靠近洱海北端，上关镇前面，有个喜洲镇，这里风景如画，适合旅游拍照。镇上民居古朴，有家精品酒店由老房子翻新而成。酒店毗邻一片油菜花田，旁边有几家咖啡店，还有个形状像舌头一样的、探入洱海的半岛。但开车到这里太远了，不符合我的目标。

我从古城往北开了七公里，在一个玫瑰农场拱形入口的对面拐出了主干道，穿过蓝莓田，到了银桥村。我有两个熟人住在这里——澳大利亚华裔夫妇里奥和拉克伦，他们跟其他几个城市逃离者合住一个院子。他俩带我看了附近的一个小院子，本来，他们已经把这个院子翻修了一下，准备给里奥开个裁缝店，但现在他们打算开家面包店，所以用不到这个院子了。

这个院子占地面积一百五十平方米，是个迷人的住处。庭院里有一张用三块石板拼成的茶桌，看起来像一个祭坛。还有一个杂草丛生的花园，里面种了桂花树和迷迭香，角落里积了一堆杂物，堆了用剩的装修材料，还有棵无人问津的盆栽顽强地生长着。屋檐下放了两把舒适的藤椅，正对着院子。院子和邻居家之间隔了道竹篱笆。

房子高两层，由十米高的松木柱子支撑着。当地人将这种房子称为"百年木屋"。这栋房子建于二十世纪三十年代，主要以石头、灰泥和粗大的木梁搭建，木梁皆以榫卯相接，没用一颗钉子，带有雕刻装饰，外墙一米多厚，足以抵御地震。这栋房子是白族风格的建筑，飞檐串角，屋脊上放有瓦猫，镇宅驱邪。房子外墙上刷了"文化大革命"时期的标语，如今红漆早已褪色，正从灰泥上剥落，文字几乎难以辨认："××民族××建设××美好生活。"

房子一侧的畜舍改成了玻璃屋顶的小厨房。最关键的是，房里有个室内厕所（是马桶，不是蹲厕！），还有淋浴间，真是豪华无比。屋顶上开了天窗，夜晚，月光就能洒满卧室，楼上的木格窗也换成了玻璃窗，使得室内光线更加充足。楼下是宽敞的工作区，放了张裁缝桌，几架缝纫机，还有些假人模特；楼上是个开放式阁楼，由木梁支撑，天花板很高，墙上壁龛很深，曾用来供奉祖先神位。所有的东西都被杂乱地堆放在一起，上面积满了灰尘，但我已经能想象出把书桌放在这里的样子，我坐在那儿，抬头就是重峦叠嶂，低头则是湖光潋滟。

这正是我梦寐以求的隐居之所，我感觉这里可以成为我的家。虽然房子尚待进一步完善，但翻新工程中最艰巨的部分已经完成了。而且，租金也相当低廉，每年仅需大约一万七千元，于是我接手了剩余的七年租约。这个地方还有个名字，叫作山地工作室。

在踏入这扇门之前，我感觉自己像无根的浮萍，怀疑自己当初搬家的决定，不清楚自己能否长久留在此地。这种自我怀疑的阴霾总是笼罩着我的新生。但现在，我已决心放下过去，开启新篇章。我终于有了能发散思维的空间——一个属于自己的院子。我站在房中，今年，这里将成为我的家，一阵风迎面吹来，仿佛在表示赞同。

立春那天，我搬进了新家。中国历法除了月历外，还包含二十四节气，以调和月相变化与地球公转周期。各节气都由两个字命名，如"谷雨""小暑""霜降"等，反映时令与农事的关系，故这种历法亦称农历，涵盖冬至、夏至、春分、秋分等。立春是二十四节气的起始，此时气温开始回升。这一年的立春是二月四日，这一天，我驱车前往新居。

空气中弥漫着初春时节的融融暖意，我把车停在银桥村篮球场改造的临时停车场上，旁边是一排室外健身器材，还有一张乒乓球桌。街角便利店外，一位老爷爷正在卖菜，还为孩子们设置了一个转转盘游戏，奖品有糖果、仓鼠等。我花一元钱转了一次，赢了条金鱼，装在一袋水里。我提着金鱼，带着为数不多的家当，踏上土路，走进一个石拱门，经过柴房，来到了新家门口。

山地工作室里乱七八糟，堆满杂物，杂草丛生，满是灰尘和污垢。这里电线老化，不能同时开着电灯和热水器，水压也很小，水流极细。但这是我的家。在新家的第一天，我也只能打开行李收拾一下，试着洗个澡，把床垫上的积灰拍拍，一头倒在床上。我入睡时，月光透过房梁上方的天窗洒了进来。

次日清晨，阳光穿过朝东的窗户射在卧室墙上，我被不明声响吵醒。我迷迷糊糊间，那声音又响起来。外面有什么东西。阳光洒在我朦胧的双眼上，形成斑驳的光影。是树还是鸟雀？我伸手去拿眼镜，终于看清了：那是张人脸，紧紧贴着脏污的窗玻璃，盯着躺在床上的、半裸的我。

我吓得瞬间清醒，扯过床单盖在身上。人脸的鼻子前伸出了一根手指，跟人脸应该来自同一个主人。手指点了点我身后的大门，然后那张脸就消失了。不一会儿，敲门声从那边传来。我匆忙套上几件衣服，还困得迷迷糊糊，甚至都没生起床气，就这么开了门，一个三十多岁的魁梧男人闯了进来，跟我说他是村长。

"垃圾飞。"他说。

"对不起，我没听清。"我答道，大脑还没完全清醒。

"垃圾……是要收费的。"村长一字一句跟我说，就像在跟一个怎么也听不懂话的小孩说话一样。

"对不起，对不起。"我连连道歉，心想如果真的有垃圾到处乱飞，那应该是我的错吧。

"垃圾费。"他又重复了一遍，用手在空中比画，好像在写这三个字，仿佛这样就能让我明白。这次他带着怒气说着这三个字，最后一个音节用汉语第四声重重降了下来——不是我听成的第一声"飞"字——原来他说的是"垃圾费"。

我终于懂了他在说什么，大脑开始清醒了。我知道垃圾和垃圾处理费是什么意思。很显然，这个人想要钱。也许我给他钱，他就会离开。我表达得不是很清楚，但态度非常诚恳，我说，我愿意给钱，非常愿意，不管他要多少垃圾处理费，我都愿意马上给他。就在这里，他说多少我给多少，现金、刷卡、手机支付都可以，怎么快怎么来，只要他能马上离开我家，让我倒床继续睡觉。

李村长见我会说中文，而不是在胡言乱语，显得既惊讶又高兴，他要了一百元，然后在一张粉红色的纸条上慢悠悠、一笔一画地写了张收据。他看似随口问问，问我从哪里来，来这个村子干什么，但我恍然大悟，原来收垃圾费不过是个由头，真正目的是打听这个新来的外国人是谁。在乡下，八卦传得很快，肯定是昨天有人看见我搬过来，就去跟村长打报告了。村长对我的回答很满意，给了我一份收据存根就走了。走之前还提醒我要小心从武汉蔓延的新型病毒，问我要不要在他那儿买点 N95 口罩，我买了。

我接着睡觉，但两个小时后，又被卧室窗外传来的歌声吵醒，那一听就是中国二十世纪八十年代的流行情歌。出门一看，原来是一辆垃圾车停在了我家外面，怪不得要收垃圾"飞"。车上的喇叭音质不怎么样，但音量很大。垃圾车后部放下金属梯子，村民正排队上去扔垃圾袋和零散的垃圾，垃圾堆得越来越高，眼看要倒了，司机就一脸不耐烦地把车开走了。

喝了杯咖啡，我想是时候去村里好好走走看看了。村长告诉我，银桥村从北到南绵延一千五百米，共有约一千户人家。村子中央有一座横跨狭窄沟渠的桥，这也是村子名字的由来。十二个世纪前，这个村子里住着修建三座佛教宝塔的工人，他们曾扛着石头和银子在桥上来来往往。古桥塔牌坊依旧矗立在原村庄南门的位置。周围的石墙早已拆毁，只剩南门和西门傲然屹立。

银桥村的大广场跟大理其他村子的一样，处于大树树荫之下，村里人都叫那棵树"老青树"。据他们说，这棵参天老树与村子同龄。树下有口水井，里面是可以饮用的山泉，水井旁有三个水池，分别用于洗衣、洗菜和洗肉。墙边有张石凳，坐了几个身着蓝衣的老人——奶奶们围着围裙，爷爷们穿着破旧夹克。在这里，他们白天闲聊散闷，晚上则观看广场舞——那是村里的妇女最喜爱的消遣方式。

银桥村的中心地带还设有行政中心，大楼之上红旗飘扬，旁边挂着一排喇叭，用来播放公告。这栋楼紧邻一家卫生院。我家院子在村庄南端，快到另一个村子的边界了。从我家门口沿土路下行，便能看见一家便利店，石凳上也坐满了闲聊的爷爷们。还有个麻将馆，里面不断传来的噼里啪啦声，诉说着牌局中的输赢起伏。从里面再往前走有一堵照壁，它能阻挡邪祟进村扰乱村民们的运气。

村里有三座寺庙，分别位于三条山路的起点。有两座是佛寺，但位于中央的那座寺庙供奉的是当地的本主，每村所奉的本主各不相同，多为神化后的历史人物。这座寺庙香火旺盛，参拜者络绎不绝，旁侧的厨房里，有人正在准备供品。

神像形态万千，于袅袅烟雾中若隐若现，如同幻影。三角铁叮叮作响，诵经声此起彼伏，是奶奶们在向保佑家园的神灵虔诚祈祷。

这简直是视听盛宴，我都不敢相信我竟然住在这里。思绪又飘回北京、伦敦、牛津——那些我熟知的城市环境。此刻的我，一半沉醉于这份新鲜感中，另一半却在质疑这份乡村浪漫是否真实。村子里既有古朴别致的老建筑，也有数量不少的丑陋的混凝土建筑，我眼中如画的景象，在别人看来或许是贫困的象征。但村里静谧清净，人能大口呼吸，我所需要的就是这些。

往远处看，是树，是山，是茶田，是松林。山峰峭拔，俯瞰着这座山谷，我的避难之所。住在这里，住在山脚下，人生第一次，我不再想去其他任何地方。

疫情防控开始，我无法再随意走动了。新冠病毒从武汉蔓延，在春节期间传遍全国。二月初，全国上下人心惶惶。恐慌情绪在社交媒体中迅速传播。口罩被抢购一空，不过李村长确实卖给了我一些——尽管价格很高。外来人员不许进村，从城市到农村，家家户户紧闭大门。

还好我几天前搬来了银桥村。我搬进来没几天，村里就实施新政策，全村封控，居民每两天才能外出一次。所有进村道路的路口都有奶奶看管，路口拉了绳子，作为临时路障。有人发给我一张劣质的"村子通行卡"，每次我外出囤货时，奶奶都会先用红外温枪对着我的前额,测量体温,然后在通行卡上面盖个章。

我问其中一位奶奶,对这些防控措施怎么想。

"我们在保卫国家。"她很自豪地说道,脸上洋溢着因做出贡献而露出的喜悦笑容,扣动扳机给我测体温。

在中国的城市里,封控措施更严格。事实上,疫情主要是城市面临的问题,乡下其实还好,所以生活在乡下还是挺不错的。我不用被困在城里的蜗居公寓里,在农村,我自己有个院子,阳光满园,能自由出入村子,屋后就是山间小径。买的菜都是村民自己种的,新鲜无比,自来水更是直接引自山涧清泉。此地远离疫情重灾区,感染风险极低,这是一个熬过危机与灾难的好地方。

我被限制在自己的住所里,于是开始修房子。任务艰巨,要耗费大半个月的时间。我拿着刷子,提着垃圾袋,戴上手套、口罩,播放着《鲁滨逊漂流记》的有声书,开始大干一场。

鲁滨逊遭遇海难时,我已将院中杂木与建筑垃圾清扫一空,摆好茶桌,那棵濒死的盆景树也经我抢救焕发生机。鲁滨逊搭好小屋时,我已把厨房清理干净,能正常使用了,炉灶下面还接上了煤气罐。他在沙地上发现脚印时,我已重新接好电线,补好了厕所漏水的地方,把木制家具擦了个干净,还安了个增压泵改善淋浴的水压。他与叛乱水手作战时,我也正向被褥里的臭虫开战。他离开荒岛之日,我的家也已焕然一新——房中杂物被清理一空，要么被我塞进了储物间，要么直接扔了，天花板上笼罩着一层灰尘，就像冬日雾霾的景象，但很快在我的清扫之下变得一尘不染。

迁居大理，我下定决心要做的改变之一便是精简室内物品。离京前，我扔掉了积攒半辈子的杂物，有些东西我甚至都忘了自己还有。多年积攒下来的杂物装了好几抽屉。一时心血来潮买的沙拉搅拌器和大蒜剥皮器从来没用过。在朋友的送别派对上所得的一堆衣服和小玩意，都在我自己的送别派对中送人了。有些书其实我只扫过书脊，根本没翻开看过。有些东西我买回来准备当装饰品，但摆在家里也从未多看一眼。一大堆囤积的杂物随时预备被扫地出门。

我来大理时，只带了生活必需品。我自己都没想到，满足自己的生活需求竟只需这么少的东西。一张床、一把牙刷、一个厨灶、一口煎锅、一张桌子、一把椅子、一台电脑、一部手机。我有一双好鞋、一件保暖夹克，带了几件换洗衣物。全世界的娱乐内容和文学作品都可找到数字资源。可是，在收拾新家的过程中，我发现自己需要克制在购物网站上买东西来增加自己幸福感的想法：非必需的厨房用品、更舒适的家具、装饰物件、流行的小玩意。如鲁滨逊那般，在满足了生存需求之后，我还想要更多。我过去也总是用物质来填补内心的空虚。

要是我的思绪也能这么容易整理清楚就好了。白天我让自己忙忙碌碌，但一到晚上，我就会被情绪淹没。乱糟糟的思绪如泥沼一般，孤独与悔意在其中翻涌挣扎。思绪像一条咬着自己尾巴的蛇——焦虑循环往复，无休无止。我在这里做什么呢？我的生活是从什么时候开始偏离了我曾经的设想呢？一切都会好起来吗？封控隔离期间，我被困在这里，与自己相伴。我不想这样。最重要的是，我常常想到她，想到被抛下的往事、断了的关系。第一次哭着入睡的时候，我才意识到，自己竟已麻木到这种地步，多年流不出眼泪。

封控期间，我与世隔绝，只能天天玩手机电脑，从中寻求虚浮的慰藉。和中国大部分农村地区一样，这个村子也有信号和无线网络，我一如往常沉迷于手机之中。我躺在舒适的沙发上，专心致志地刷着新闻，对世界的现状感到绝望。推特上充斥着正义、傲慢、愤怒和嫉妒的声音，各方阵营都坚持自己的立场，根本听不进对方的观点。往往我只想看十分钟 Youtube，却不知不觉看了几个小时，陷入了由让人难堪的视频和旨在引发愤怒的算法推荐所构成的陷阱。漫漫长夜，孤独寂寞，我靠看些色情内容来消磨时光。怎样都好，只要能转移我的注意力，别让我胡思乱想。直到有天，我想控制上网时间，才惊觉自己对数字"毒品"的依赖已经如此之深。只要一有闲暇时间，我总想掏出手机，每一次滑动屏幕，都如同吸了一小口。

梦里，我总是心神不宁，惶恐不安，感觉有什么地方不对劲，或者缺了点什么。我会被公鸡的打鸣声或一缕阳光唤醒，先是感到一阵迷茫，然后才慢慢意识到这个陌生的卧室是我的。其实，是我选择了孤身一人。我选择了跟她分手，选择远离尘嚣，选择远离熟人。为了逃避这一切，我选择了自我退缩。这种决定让我觉得自己既懦弱又勇敢。但无论如何，改变势在必行。我渐渐明白，改变居住环境并不能真正改变自我，除非我从内心深处开始转变，否则循环将不断重复。

多数宗教都将独处视为修行必经之道。伊斯兰教苏非派将其称作"哈勒瓦"，意为远离尘世。在道教中，它是隐士居于洞穴。在佛教或基督教中，它是打坐冥想，静思不言。在世俗生活里，它便是"放假"，即在疲惫不堪的生活工作之余，找个时间放空休息。每个人都想逃离，但我们真正需要的是内心深处的归隐，暂脱尘世纷扰，明白自己真正想要的是什么。在某个时刻，我们都得走进山里，寻找内心的答案。

事实证明，我并非孤身一人。搬进来没几天，我就听到卧室上面传来窸窸窣窣的声音，我在这栋房子里有了同伴。说来也巧，正值鼠年，就有一小群老鼠跟我住在一起。它们霸占了木制家具之间的夹缝，在一楼二楼之间的那块天花板夹层间窜来窜去。在寂静的深夜里，我听到它们吱吱作响，不知道是在激烈打斗，还是在开狂欢派对。

我买了许多吃的囤在厨房，它们越来越大胆，离开了夹缝世界，夜深人静之时，溜进储存食物的地方。我用泡沫塑料堵住缝隙，却发现它们啃泡沫塑料啃得津津有味。我把钢丝球塞进去，但无济于事，它们一家子总能找到办法。我放了粘鼠板，但又不忍心实施种族灭绝。老鼠药在村里很常用，但毒死的宠物比害虫还多。最终，我只好加强防御，和那一家子和平共处。它们在它们的世界，我在我的世界，都假装对方不存在。

除动物之外，我也有人类邻居，他们大概也把我看作一种外来的"害虫"。我住的地方本来是五户人家共用的一个较大庭院的一部分，里面有公用厨房、厕所、柴房，我的房子仅占其一隅。后来，在为像我这样的外来移居者翻修时，大院子被竹篱笆一分为二。大院另一侧的白族人家，十年前已拆除了他们的旧农舍，在原地建起了更现代的水泥房，而我住的这边仍保留着昔日大院的模样。

邻居杨家三代同堂，住着八十多岁的杨奶奶、人到中年的杨阿姨、已经成年的外孙小刘。小刘的父亲十五年前因肺癌离世，这种病在农村很常见，毕竟村里很多人天天吞云吐雾。小刘初中就辍学照顾家庭，现在快三十岁了，没有工作，大部分时间都待在家里看电视。他母亲五十岁就退休了，靠养老金与亡夫抚恤金维持生计。八十二岁的奶奶在一家三口中最有活力——她天天都要去坡下田里干活，那是她自幼耕种的田地。

银桥村的大多数村民都姓杨，不过刘姓和李姓也很常见。为了称呼方便，大家都互相以阿姨、叔叔相称（或姐姐、哥哥、奶奶、爷爷，具体取决于年龄）。大多数劳动适龄人口都去邻近乡镇务工了，村里只剩下老人小孩，成为城市化洪流中的留守缩影。杨奶奶儿时那般大家一起下地干活的日子一去不复返。如今，村里剩下的成年人大多从事建筑工作，种植庄稼只是为了补贴家用，而不再是为了维持生计。

这真是一大可笑之处：农村人涌入城市，城里人搬来村里。每个人都在新环境中寻找在原来的地方所缺失的东西：农村人追求更高的收入，想实现经济自由；城里人在寻找那份宁静平和，逃离城市化浪潮，回归乡村。

我问小刘，对像我这样的城里人搬来农村，他怎么看。

"大理气候宜人啊，"他说，这是他经常重复的一句话，他一脸骄傲，说得斩钉截铁，"全国各地的人都想住在这里。"他长着一张娃娃脸，一边眉毛生得很潦草，像笔误一样，让他看上去总是带着一副疑惑的表情。"我想离开这里。"他又说道，"但我没上过高中，好多工作也做不来，只能留在这里吧。"听起来，他似乎也接受了这个现实。

然而，他生活的村子正在发生变化。近几十年来，那些在周边城镇打工的人攒下不少积蓄，足以拆除他们那历经百年风霜的石头老房，在同一块土地上建造起新的混凝土房屋。杨家新盖的平房普普通通，而村里众多小别墅都有两三层高，内部空旷，尚未装修，等着主人退休或儿子结婚后搬进去住。这些房子也是身份地位的象征，代表它们的主人已经成功了。那些还住在平房农舍的，则是穷人。有些房子还通过独特的建筑设计来凸显个性。有栋房子，窗户形状不同，大小各异，有椭圆的、八边形的、菱形的，各具特色；还有栋房子建得又高又窄，活像座瞭望塔，他家的地面面积没那么大，便从高度上想办法，彰显自家的身份地位。随着发展的浪潮席卷云南的乡村，村里的土路也在一条接一条地变成水泥路。

我常坐在书桌旁，观察杨家日常生活。每天黎明时分，杨奶奶就步履蹒跚地走到柴房，装满她那柳条编成的背篓，然后到厨房里劈柴——砰！啪！咚！然后把柴火塞进木炉，开始煮茶。杨阿姨会给她那一排盆栽浇水，扫扫院子，晒晒辣椒和甜玉米。小刘中午才起床，拖着身子去看电视。我和阿姨常常隔着竹篱笆聊天，她总是喊我去她家吃饭。有一次，我撞见她和母亲吵架，一个甩着掸子，一个挥着平底锅，发泄着仿佛是五十年共同生活积攒下来的凶劲。

当然，他们也在观察我这个"外来者"的生活。好多次，我在做家务或者打理花园时，都发现杨奶奶在篱笆那边偷偷盯着我看，不时还笑我，好像我什么都做得不对。她不会说普通话，只以白族方言对我指指点点，我只能微笑点头回应。我安了亚马逊智能音箱后（这是我从城市带来的慰藉），每当智能语音助手亚历克莎说话时，杨奶奶都会猛地起身，用目光把我的院子扫一遍，看看女声是从哪里传出来的。她跟她那些伙伴坐在门外的石凳上，每次我路过时，她们就都突然不吭声了，我觉得她们肯定是在私下议论我。

封控开始一周后，我坐在屋檐下的藤椅上看星星，以前，我从未看过如此清晰的猎户座星空。正当这份宁静被无限放大时，隔壁突然传来大功率音箱的刺耳声音。篱笆那边，杨阿姨和十几个与她差不多大的妇女排成两列，手持红扇子，在跳广场舞。音响里放着欢快的流行歌曲《美丽中国唱起来》，高分贝的音乐打破了我的宁静。

"太阳的歌，大地色彩……如画江山，繁花盛开。"

阿姨们站成两排，手忙脚乱地随歌起舞，听着迪斯科的旋律，换着脚步，像螃蟹一样来回穿梭，变换队形。

"来来来来，我们唱起来，点赞美好的时代！"

她们甩着双臂，扭着屁股，然后围成一个圈，扇子如阳光下的花朵般层层绽放。接着歌曲的间奏部分变成了电子音乐的重击节奏，大家有点手足无措，不知道跳什么了。

"美丽中国嗨嗨嗨，美丽中国唱起来。"

终于到了副歌，她们知道怎么跳了。大家做了一些踢腿动作，转了几圈，又回到了开场位置，摆了个造型收尾。

"厉害了中国辉煌新时代……来来来来，我们唱起来！"

新冠肺炎疫情无疑是"非典"后最为严重的疫情。城市进入封锁状态，大街小巷空无一人。寂静之中，经济发展的步伐也被按下了暂停键。其他国家对这场疫情的态度既关切又冷漠，都相信病毒不会波及自身。

然而，在大理的山区，疫情从未波及我们。仅有十三人被确诊感染新冠病毒，而且病情很快就得到了控制。此地远离城市中心，地处偏远，就像曾经阻挡唐朝军队一样，群山如今也阻挡了病毒。其实，在被迫与世隔绝的那几周里，这里成了名副其实的避世桃源：古城的街道小巷里没了游客的身影，雪峰高耸，映衬着大门紧闭的商铺。画面美得有些诡异，仿佛世界其他地方都不存在了。

到了三月，疫情封锁已经进行了一个月左右，大理终于解封了，居民能自由活动了。而此时，病毒正在席卷全球。路口值守的奶奶解绳放行，又回去下地干活，跟别人拉家常、聊八卦。在我们这里，受疫情影响最严重的是李村长。上级听说他高价出售政府提供的防疫口罩，把他请去"喝茶"了。从便利店老板那儿听说这件事后，我才恍然大悟：怪不得他之前非要让我在他那儿买口罩，怪不得他卖的口罩那么贵。他不仅对我如此，对其他外来者也如此。他保住了自己的职位，但我好几个月都没再听到他的任何消息。

在此历史转折关头，全球正在经历翻天覆地的变化。无论我们是否愿意，庚子年的魔咒都在逐步成真。对我们这些离开大都市的人来说，自己当初的选择被证明是对的。病毒是城市的问题，与我们无关。城里人满为患。我们这些大理的新移居者，在这里享受新鲜食材、清新空气，心里庆幸自己远离病毒侵扰。至少现在，我们愿意生活在这片小天地之中。

阳历三月之初，正是农历二月。时至惊蛰，绵绵春雨会唤醒蛰虫和其他冬眠的生物。苍蝇和蜜蜂开始在院子里进进出出，嗡嗡之声不绝于耳。在盆栽旁，有只通体鲜黄、体型庞大的黄蜂蜘蛛正在织网。看来，这些生灵都已感知到春日来临的讯息。

解封之后，大家能自由走动了。我也鼓着勇气，走到村子更里面看了看。途中，我碰到了其他结束"冬眠"的居民，有逆向移居者、城市难民，还有来长期度假的人，他们自称"新大理人"。

来到大理的移居者主要有两类：嬉皮士和雅皮士。嬉皮士来得更早些，有些人几十年前就来了。他们远离常规和条条框框，生活简朴，亲近自然，抽烟，天天做自己想做的事，包括——尤其是——什么也不做。雅皮士是近几年才搬来的，这边开发后，许多中产阶级逃离城市，来到此地。他们带着城里攒下的积蓄，或翻新老宅子，或在新建的别墅区里购置房子。嬉皮士和雅皮士相互羡慕对方：雅皮士向往嬉皮士的生活方式，嬉皮士抱怨自己没雅皮士有钱。

银桥村最北边有大理现存最"古老"的被嬉皮士住过的院子。院子是二〇一二年落成的，极具禅意氛围，名叫"OM 山洞"。嬉皮士聚集于此，抵御古城加剧的高档化的趋势。院子坐落在铺着鹅卵石的窄巷之中，小巷穿过一片甜玉米地，田里刚播下玉米种。院门口放了辆被弃置的双人自行车，车漆鲜艳亮眼，轮辐间长满了杂草，俨然一个微型花园。蓝色的齐天大圣雕塑端坐于院子石墙上，俯瞰着户外卫生间与淋浴间，旁边有一堆堆肥、一块菜地，两树之间还系了一条松绳。

院里，居民们搭建了一个木制桑拿房，门上挂着牦牛头骨。桑拿房旁边是清可见底的石砌山泉池，他们蒸出汗后就去池子里洗澡。房里有五间卧室，十分简陋，没怎么装修。除此之外，他们还在后院竹林里架起高脚柱，搭了间树屋。厨房看起来快散架了，他们用土和砖砌了个窑，用来烤比萨。正对大门的屋檐下有一张茶桌，茶桌上方挂了一幅字画，上面写着"佛"字。院子中间有一个用石头围起来的火坑，他们整晚聚在这里吃饭，载歌载舞，一直玩到天亮。

OM山洞里住的都是些脱离主流者、放荡不羁的文化人，还有背包客，有中国的也有外国的，他们在这里住几个月乃至几年，然后再离去。这个院子本来是"黯然实验室"的一块用地，那是俄罗斯音乐人彼得和意大利人法布里齐奥在湖滨创建的组织，聚集了早前来此的艺术家们。彼得长得五大三粗，跟熊似的，后来回西伯利亚去了。法布里齐奥去了秘鲁那边的雨林。走之前他曾跟我说，这个地方是一个社会实验场，大家能体验没有规则束缚的生活。目前，OM山洞里住着三位二三十岁的中国女性丽丽、潇潇和华婷，还有个留着长发的年轻男性，阿清。

他们远离主流社会，日复一日地沉浸于创作和冥想。他们在墙上绘制迷幻风格的画作，把垃圾做成塑像。他们亲手制衣、文身、种菜，相互分享；围坐交谈，共同决策；在热气腾腾、一片漆黑的桑拿房里赤身裸体，一同诵经念咒；围着火堆举办氛围梦幻迷离的派对、音乐会、戴面具的仪式。

他们从来不锁门，家里也没什么值钱的东西能偷。

十几年前，大理也有跟他们差不多的这种群体。二十一世纪初，一个源自二十世纪六十年代的美国反主流文化团体"彩虹家庭"在大理郁郁葱葱的山坡上举行一年一度的"彩虹集会"。这是一种乌托邦式的集会，参与者拒绝消费文化，推崇自然的生活方式。但当地民族自治区人民政府不欢迎数百名留长发、半裸的嬉皮士来到此地，开始严打嬉皮士聚集地。OM山洞是为数不多幸存下来的地方之一。

村子南端，也就是我家附近，有另一个这种院子，建于二〇一三年，叫作"科学之家"。OM山洞里那些人喜欢围坐在火堆边，击鼓奏乐，裸着蒸桑拿，而科学之家这些人则现实理性。他们积累了许多技术知识，翻新房子，铺设管道，架设电线，解决种种困难，把这座破败的石屋改造成了一个家——名副其实的科学之家。他们还着手其他科学项目，建了火箭式加热器，做了耐五百摄氏度以上高温的土烤炉。他们还在屋顶开了天窗，把一个阁楼里没用过的棺材改成了咖啡桌，用砖砌了厨房台面，还在屋后建了个单人间。

科学之家院子里一片野趣：兰花周围长满了草，各种绿色植物肆意生长。院子中间是倒塌的围墙，那里曾被用来圈养牛群。再往后，是废弃浴缸充当的堆肥箱，旁边是一片菜地。有只瘸腿的狗之前被车轧了，没了后腿，竟然还活了下来，大家都喊它"幸运"。它拖着身体在院子里到处跑，像消防水管喷水一样喷洒尿液，宣示着自己的领地，也给植物施肥。

给我介绍房子的那对澳大利亚华裔夫妇里奥和拉克伦就住在科学之家。这里还有其他成员：戴恩，加拿大人，喜欢攀岩，自称撒旦教徒；木静，音乐人，留着齐耳短发，笑声听起来像鬣狗，活脱脱一个假小子。与 OM 山洞相比，科学之家的人更有朝气。来科学之家住的大多是户外运动爱好者，他们对 OM 山洞的嬉皮士做派嗤之以鼻，不过一直以来，两伙成员都有互相交往的传统。

如果说这两个院子是村子的阴阳两极，那在它们之间就是雅皮士一派——从中国城市逃离的中产阶级，近五年才搬到大理的新移居者。西面群山巍然，我经常在银桥村到处走，渐渐学会了辨认这些雅皮士的住所。在当地人新建的混凝土房群中，大约每二十栋老房子中就有一栋是翻新过的，瓦顶崭新，带着落地玻璃窗。露台的松木外墙擦得干干净净，金属楼梯明光锃亮，直通屋顶的烧烤架。树上绑了吊床，草坪修剪齐整。这些住所格外引人注目，犹如竖起的大拇指，令人赞叹不已。

其中有些人是提前退休过来的，在农村寻找那份宁静祥和的生活。还有情侣、带小孩的家庭、单亲妈妈、单身汉和刚离婚的人。有时，我在他们打理花园的时候会碰到他们，他们总让我去家里吃晚饭。无须过多介绍，我们总是一见如故，毕竟都是逃离城市，来大理生活的。我花了几周跟这些人打交道，几乎认识了来自中国每个省份的人。但大多数人还是从"北上广"过来的。我问他们为什么搬来这里,他们的回答各不相同,却又大差不差:改变生活方式,远离主流,简单生活,呼吸新鲜空气。

也有些人只是来这边玩几天。自 OM 山洞沿小径而上,至银桥村北端甜玉米地旁,可见一家名为"禅院"的客栈,因客栈后面是座佛寺,所以起了这个名字。不过,这家客栈是十年前开办的,原本是吸毒成瘾的城市居民戒毒康复的地方。走过满是锦鲤的小池,一道瀑布从一尊雕刻的佛像面部倾泻而下,如同佛祖的慈悲之泪,于水面漾开层层涟漪。继而映入眼帘的,是客栈里那片打理得井井有条的草坪,周围是几间简约的木屋,二楼有间宽敞的活动室,铺着榻榻米。现在,活动室用来承办为期一周或一个月的瑜伽静修活动和冥想研习班,这些活动十分火爆,名额屡屡被渴望挣脱心灵枷锁、寻得片刻喘息的城里人预订一空。

村子中央,紧邻养蜂场,坐落着一家名为"树与田"的精品酒店,规模较大。酒店主人是一位来自北京的建筑师,非常有钱。他在这边买了几座四合院,斥资百万元精心装修,把它们打造成了时尚宽敞的山景房,每间均配置有四柱床与镀金浴缸。酒店酒吧前矗立着一尊在林中吃草的独角兽雕塑。在那个必不可少的锦鲤池对面,有一间"私厨",大厨采用当地有机食材,烹饪现代中式佳肴。酒店最贵的客房每晚价格高达五千元人民币,相当于科学之家一年的租金。

酒店的宾客将宝马车停于路边,村民从他们身边走过,去下地耕作，有些人现在仍靠种田维持生计。这种乡村的贫困状况对游客来说却有着一定的吸引力，他们对当地人的"朴素踏实"赞不绝口，对白族民间宗教和风俗的"民族风情"大加赞赏。先祖历经艰难才走出农村，但现在，他们的子孙，这些新一代有钱人发现了乡村的魅力，他们拍摄农民的照片，而那些农民累了一整天也赚不到他们一顿饭的钱。

然而，新大理人的到来，在改变这种农村风貌。城里人大量涌入大理，当地居民的房子得以出租，从事建筑装修的工人也有活可干，但其实房屋租金和工人工资都很低，城里人的钱大部分还是落入了经营这些生意的富裕阶层的口袋里。而且，逆向移居者越来越多，服务业因势抬价，本地村民几乎消费不起。而我也是这种趋势的一部分。我问邻居杨阿姨怎么看待村里那些城市移居者。

她说："我觉得银桥村现在有很多有钱人，但我从他们那儿赚不到一分钱……他们过他们的日子，我们有我们的生活。"就像我俩隔着篱笆聊天一样，一道"篱笆"把本地人和外来者隔开了。

新大理人，无论是嬉皮士、雅皮士，还是其他人，都在这里留下了自己的足迹。每个新季节都有新的人到来，越来越多，大家都想避开中国那些人口密集的城市的疫情封控。大理尤其吸引着那些带点小资情调的波希米亚人——他们喜欢做瑜伽和编织饰品，身穿麻衣，只吃素食，还拥有投资组合——也就是西方所谓"波希米亚资产阶级"，简称"波波族"

（Bobo）。我遇到的一位新移居者是来自北京的阿梅塔运动教练，虽然她没听说过"波波族"这个词，但她真的叫"波波"。有位邻居自制康普茶和意式脆饼，让人很难相信她身在生活艰苦的农村。这里既不像乡村，也不像城市，更像是介于两者之间的地方。

然而，我们都是为同一个目标而来：打破原本不如意的生活。有些人来此休养一下便知足了，有些人则寻求更长久的改变。许多新移居者跟我说，他们本打算只在这里待一个月，结果一待就是好几年。无论大理还是我们，都无法再回到从前了。

果壳出生在山西省阳泉市下辖的一个百万人口小城。他作为纪录片制作人在电视台工作了十余载，那些纪录片画面华丽，一个个慢镜头展示着一座座拔地而起的高楼大厦、中国共产党开国元勋的雕像、各种场合的阅兵盛况，反映出中国的经济增长、科技实力和政治上的成就。

他搬来了大理，住在我家北边，跟我隔了两个村子。我俩坐在他家廊前品茶，他跟我说："我每天都很累，在内心深处，我觉得自己在这个世上毫无存在的价值。"

过去几十年，他一直在城市打拼，想要闯出一片天地。他的人生轨迹无非学习、工作、通勤、睡觉循环往复，从领工资到买房安家，结婚生子，一切按部就班，终于精疲力竭。

"我感觉自己像行驶在既定的铁轨上，"他接着说，"铁轨只通往父母说我必须去的方向。"他看向自己的未来,看着铁轨在他面前延伸,到老,到死,没有转弯,没有终点,无法偏离。

二〇一六年,果壳的列车脱轨了。他辞去了工作,和妻子一起卖掉了城里的房子及大部分家具,把好不容易才进入城内一所竞争激烈的小学就读的女儿也一同带走,告别朋友和家人,开着传祺汽车,花了三天时间,像他们看过的一部纪录片里那样,从北向南,来到大理。夫妻二人在银桥村以北两公里处的鹤阳村租了房子,屋外便是灵泉溪,潺潺流水从山而来。他俩雇了当地建筑工人,打造民宿,提供住宿和早餐服务。这就是他们的新生活。

夫妻俩开的山间客栈有三层,配备二十间客房供游客使用,每间都坐拥开阔的湖景视野。墙上绘制的壁画和书法作品,以及弧形的屋檐角,都彰显着白族风情。花园宽敞,果壳在里面种了些柿子、枇杷、石榴和芭蕉,还搭了一个葡萄架。一条短滑索通向沙坑,沙坑里是攀爬架和秋千,供女儿果果玩耍。几块石阶横跨在一个浅水池上,一个个踩过,便来到了一扇隐秘的后门,通向溪边的果园。果壳在这里种了梨、柠檬、苹果、杨梅和桃子树,静待开花结果。他用木头打了简易的蜂箱,开启新爱好:养蜂。他已经很多年没有闲心画画了,现在又重拾多年未碰的画笔,在民宿用水墨和水彩画了满墙的抽象风景画。

很多来大理的新移居者都选择开客栈。这样既能有个住处，又能有事情忙，一边保持他们的生活方式，一边赚钱。果壳的妻女都很喜欢这里，他也正在劝自己的父母从城里来这边住。

"现在，天地广阔。"他说。他眼窝深陷，看起来不止三十八岁，乌发中夹杂几缕刺眼的白发。"这让我找到了真正的自己。"他补充道。

我问他妻子为什么想搬来这里，她的回答比果壳更简单："为了孩子。"许多带着孩子搬来大理的人都这么说。果果现在十岁，他们不想让她继续上公立学校，不想让她在城里长大。果果在山西上小学的时候，才上一年级，就开始为标准化考试做准备了，这让夫妻俩大为震惊。

她说："那些人培养的孩子就像流水线生产的机器人。现行教育体系注重集体教育，但我们选择自然教育，保留孩子的本性。这样，孩子才能明白自己喜欢什么，知道自己到底是谁。"于是，他们来到了大理，在这里，有不同的教育选择。果果现在就读于银桥村附近一所专门为外来家庭设立的华德福学校，别提有多高兴了。

果壳现在唯一无法逃避的问题就是钱。他把所有积蓄都投入了新客栈的建设之中，还向银行贷了款，到现在都远远没还清。来大理的游客比他预想的要少，他怕没法回本。正值新冠疫情期间，他的客房空空荡荡，无人居住。

"刚搬到大理那阵子，"他说，"我希望自己不用再天天为钱操心。但其实我还是无法摆脱这个问题，还是要为钱发愁。"一切都有代价，即便是简单生活，烦恼也必不可免。"但无论在哪里，我大概都会为钱发愁，"他抿了口茶，想了想，"所以还不如待在这里。"

他还面临另一个挑战：社会关系。家乡所有人都觉得他疯了，竟然放弃了在城里辛辛苦苦打拼来的一切。果壳倒是能接受朋友的不解，但很难与父母的意见和解。在父母眼里，他是在自毁前程。他曾经满足了父母的所有期盼：拥有稳定的"体制内"工作，买了车和房，娶了妻子。果果上了一所好学校，未来可期，说不定长大还能搬到省会城市去。果壳的父母从小生活在山西的农村一隅，目睹了城市的发展在吞没农村，这是大势所趋。现在回农村无异于承认失败。

果壳深知，重塑自我并非易事。他一直在做父母的思想工作，甚至劝他们搬来养老。他努力推广山间客栈以保持盈利。他抛下旧生活，并不仅是为了自己，也是为了家人。

"生命的意义在于重新开始，"他喝完最后一口茶，开口说道，"开启新生。"

春天里日头渐暖，小虫围着我们发出嗡嗡的声音。听了他这一番话，我才明白，与他相比，我的自我重塑要容易许多。我孤身一人来到中国，搬到大理，重启人生篇章，无须赡养家人，也没有社会期望的压力。只有打包行李这么一件简单的事。我做的是远程工作，拿的是西方标准的工资，做做远程编辑，在网上教授英语文学，经济负担远不及果壳的一半。我以前总是埋怨这里不好那里不好（我最喜欢这么干），但从未意识到自己的生活其实有多好。

但我和他搬来这里，都是因为我们无法在生活中获得更深层的满足。我曾坚信，唯有为生活增添新意，才能寻获那份满足。但来到大理，在灼灼烈日下，我觉得做减法才是答案。正如亨利·戴维·梭罗所言，"简化，简化，再简化"。也许我想要的并非更多，而是更少。

回首过去的生活，果壳终于明白，自己所需甚少。一块可以盖房子的土地，一片可以晒太阳的地方，一个能让女儿在其中成长的花园——这些就够了。看着在沙坑里玩耍的女儿，他解释道，女儿名字的"果"字寓意"坚果"。搬到大理后，他不再用自己的真名，给自己起了"果壳"这个新的绰号。"因为果壳能保护坚果。"他说。

他曾被束缚在果壳之中，如今却是无限空间的主宰。

新大理人搬来后，喜欢给自己取新名字。有些人把这些名字叫作他们的"大理名"。许多人的名字都带点嬉皮士味道，透露出一种资产阶级波希米亚的韵味。来到大理的头几个月，我陆陆续续遇到了云、龙、云龙、大山，还有两位燕子，三位叶子（至于他们的名字是取自茶叶还是其他植物，就不得而知了）。

海洋与月光是一对年过半百的夫妇，七年前从新疆搬来银桥村。他们成天种种花草，打打太极，用废旧金属制作乐器，如扬琴、笛子、马头琴、冬不拉等，应有尽有。

大新，曾经的东北酒吧老板，如今在大理开设了一家民宿，就在我家附近。民宿是木屋泥墙构造的，所以取名为"原始客栈"。他跟我解释自己的新名字："若想改变，就得来个'大'动作。"

有位移居者一头银发，在这边卖手工木勺和开瓶器，他跟我说自己叫LIGO。我问他这个名字是什么意思，他笑答："生活真美好！"（Life is good.）我又问那"O"是什么意思。他停顿了片刻，又解释道："生活真美好……噢！"

我在中国也有一个名字：小凯（意为"小小的成功"）。我刚搬来这里时，一位中国朋友给我取了这个名字，这个名字也代表了异国文化之中的全新自己。说中文的小凯与说英文的我自己有点不同，就好像我在努力变成全新的人。我不禁思索：新名字到底是带来了新的自我，还是掩盖了原本的自我？

变成全新的人有时可能是一种自我逃避。而逃避本身可能就是问题所在，并非解决之道。然而，正如春风总会拂走新枝上的残叶，对新大理人而言，这象征着他们渴望改变的心。我们之间有种默契，那就是不叫彼此的旧名，对彼此的往事也不多问。那些都已是过去了。但城市移居者真正追求的不仅是一个新名字或者新家，更是新的生活方式。

如果大理生活有什么口号的话，那一定是"自然生活"——我听这里的许多人说过，听得耳朵都起茧子了。我问他们这个口号是什么意思，得到的答案除了"亲近自然"之外，最简单的解释就是"顺其自然"了（或者，用"大理福尼亚人"的话来说，就是"随遇而安"）。简而言之，不要让野心过分膨胀，不要过分追求物质财富或成功，一切遵循自然。

于有些人而言，他们这种后物质主义价值观源自不切实际的理想。其他一些秉承这种价值观的人的思想根源则更为久远，他们是受到了中国古代哲学的影响。

在大理，很多人崇尚"道"。"道"既是一种宗教，即道教，也是一种哲学学派，即道家。不同人心中的道各不相同，从神鬼之说到自我提升的智慧都有涉及。银桥村有位二十多岁的新移居者"梦梦"（即"做梦"之意），他离开家乡后曾是一名正规的道士，如今在大理给人看风水、除邪驱魔，以此谋生。那家禅院客栈，先是变成戒毒所，后又改成了瑜伽静修场所。客栈老板也有道士资质。他自称"道长"，在里屋供奉三清神像，三清之一便是人称"太上老君"的老子。

其实，大理大多数人只将道家思想当作一种生活哲学。许多人都在床头柜上放了本《庄子》，经常翻翻，书角都卷了边。庄子是公元前四世纪的道家圣贤，其著作《庄子》以《逍遥游》为开篇。"逍遥游"是新大理人的另一句标语，自然生活哲学正是源自"逍遥游"。

有位来此久居的新移居者，于二十年前从四川搬来了大理。在这里，他给自己起了个名字"道"。他人到中年，穿着破烂寒酸的麻布衣服，皮肤黝黑，留着一撮山羊胡子，黑发及肩，确实有种道家圣人的感觉。他看着总是醉醺醺的，不知这种状态是强化还是削弱了这种道家气质。他以前做过木匠，也教过中国哲学课，但后来放弃了一切，来此隐居。他喜欢爬苍山，沿洱海散步，在家里干活。

"我想摆脱过去的生活方式，寻找新的。"他告诉我。他刚来那会儿，这里还是个偏僻的嬉皮士小镇。他来此追求自己的所谓"非物质生活"——不求物质满足，放下物质追求。

每次我去看他时，他总在敲敲打打，把锯末和泥土弄得满身都是。他住在三塔北面绿桃村的一处屋舍，我从没见过那么破的房子。其实房子的主体结构早就修好了，现在他正在屋后空地上建一栋木屋。小木屋才出雏形，地面上竖着一排作为支柱的木桩，横梁搭在上面，以后这里会是抬高的地板。这边有许多房子都被拆了，取而代之的是混凝土建筑，所以许多拆下来的上好松木都没人要，他就捡了些废木料，在心中打样，规划每块木料的用途，为顶梁搭起支柱。

我问他这个新木屋作什么用。

"喝茶，"他回道，好像我的问题很蠢，"看看风景，随便想想，什么也不干。"

这就是新大理人最想做的事。这个木屋的用途对他来说并不重要，重要的是创造小屋的过程——创造带来的纯粹乐趣。"我想用自己的双手创造自己的生活，"他说，"而不是出售我的劳动价值。"

他不做木工活的时候，就喊朋友来家中院子里踢毽子，大家围成一圈，用脚和膝盖把毽子踢到空中，有点像玩颠球游戏。他们一踢就是几个小时，全神贯注，然后一起回他房中喝啤酒。

道木匠喜欢一边喝酒一边发表自己奇奇怪怪的哲学大论，滔滔不绝，让人很难跟上他的思路。他总是在思考现实的本质，谈论中国古典哲学，还会突然扯到如何拓展人类意识之类的话题上。他崇拜庄子，自喻为《庄子》中的"涂龟"：不为地位财富、世人赞誉所累，淡泊名利，活出自己的精彩。

他吸了口烟，又说："儒家思想适合那些锐意进取、追求功成名就的人。道家哲学则是为那些不视此为通往幸福坦途的个体准备的。"

说到这里，他指了指后花园他那木屋雏形旁边的多瘤的大树。这棵古树长得歪七扭八，树根隆起，树干歪斜，树枝向四处胡乱伸展着。"你看，"道吸了口烟，"一无是处的东西。"

我琢磨着他这没头没脑的话，不禁替老树感到不平。

他这番话让我想起一则故事：庄子行走山中，看到一棵大树，于是思考起这棵树的价值来。树形扭曲，不足以做屋柱；树干多节，不足以做棺材；树皮太毒，不足以做药材。然而，这棵树之所以长得如此高大，能够为他提供如此舒适的树荫，正是因为它太无用了，不能砍伐。庄子叹道："人皆知有用之用，而莫知无用之用也。"

从陶渊明笔下的桃花源到道家先贤的故事，从佛门隐修到李白、苏轼的醉酒诗……中国自古以来便有隐居避世的传统。如他们那般，道木匠来到了大理，在此隐居。他说："我也不是非得做个有用的人。如果你有用，人们就会对你有所求。"

他痛恨社会对成功的传统定义：高薪、房产、保险、养老金、家人、虚幻的声誉。以这些定义作为标准，那他是个失败者，不过他也并不在意。

他总结道："太多人追求金钱，却不明白，金钱并不能带给他们快乐。他们得到了钱，又想要更多的钱，没完没了……大家常常认为痛苦源自不足，但我觉得，痛苦源自拥有太多。"

我在想，为什么过去这些年里，我一直感到不满足。当然，我也在追逐这些目标——成功、地位、里程碑，仅仅为了得到这些。但在此过程中，我并没有意识到自己不快乐，直到我内心不知什么东西崩塌了。即使是此时，我听他讲着这个有趣的理论，不时点点头，像个观察员，但其实我根本无法想象这个理论会适用于我，适用于其他人。

"中国的问题，"他像是突然想到，又补充了一句，"在于发展太快。"

我愣了。发展难道不好吗？数百万人脱贫难道不好吗？

"如果你忘了自己是谁，"他继续说，"如果你忘了什么是最重要的，那发展就不是好事了。中国开始发展，大家都搬去城市，不平等现象越来越严重。发展打造了一个精致的鸟笼，在笼里，大家也不知道自己并不自由。他们只知道追逐金钱，早已忘了顺其自然的生活。"

顺应自然——外界、内心，皆要如此。说着说着，他觉得没意思了，又拿起锤子，继续建造他的小木屋。

新大理人找到了很多方式来对抗主流文化，选择不遵循常规。关于逃离"体制内"，在"体制外"生活的讨论无处不在。有些人住在嬉皮士聚集地，有些人选择道家的生活方式。而中产家庭迁居此地，往往是因为排斥主流的教育体系，他们的关注点在于大理这边兴起的新式教育。

我对果壳的经历很感兴趣，于是去他女儿就读的华德福学校看了看。过去几十年，创新教育模式在中国涌现，十五年前，全国还没有一所华德福学校，而如今已经有了两百多所。大理已成为家庭教育和其他新型教育模式的聚集地，家长们将这些统称为"自然教育"。

学校分为幼儿园和小学阶段，设在一个新建不久的四合院里，周围是芦笋地，伴着潺潺流淌的小溪。白墙上是水墨画，画中有鹳鸟和其他图案。操场上有一棵大芭蕉树，绿荫如盖。两边各有一班级活动室，里面陈列的都是孩子们的画作、彩泥雕塑。每个孩子都有本剪贴簿，或写或画，记下每天学到的东西。孩子们每天都在阳光下的田野里肆意玩耍。华德福的课程体现着一种全面的教育理念：不培养学生特定的技能，而去激发学生自己的创造力、想象力。

我在那里遇到的家长跟果果父母差不多，都对中国的公立学校制度有着同样的不满，这让他们逃离城市，来到这里。

"那些学校跟工厂似的,生产的产品一模一样。"一位姓李的家长说,"最大的问题是考试,孩子们刚上小学就要开始考试。老师只教他们考试技巧,别的什么都不教。"这就是所谓填鸭式教育。所以他们把孩子从应试流水线上解救出来,搬来了大理,宁愿放弃城里的高薪工作,也要呵护孩子成长。

不过,新式学校仍然是少数。这所华德福学校只有二十多名学生。

一些家长——包括果壳——认为如果不能在大自然中接受教育,那自然教育就没有意义。这些家长正在商量开办他们自己的家庭学校,还挖来了一位华德福教师。

介于公立学校与家庭学校这两个极端之间的,是大理的农场学校。这些早期学校以幼儿园为主。它们如雨后春笋般在大理各处涌现,主要是新移居者为了满足有小孩家庭的需求而开办的。

竹和田学校是农场学校的先驱,创办于二〇一一年。创始人萧望野是早期大理移居者,她长发飘飘,笑容灿烂,是自然教育的推广人。她指出,有两条路摆在面前,父母必须为孩子选择其中之一:一条是科技城市之路,一条是自然乡村之路。她想给孩子们一个选择第二条路的机会,不希望他们亦步亦趋地就去了第一条路。她说:"我们关注的是一个人的人生轨迹与发展过程,而非单纯的知识累积。给予孩子充足的爱与自由,他们会自然而然地成为真正的自己,而不是社会所期望的模样。"

我问她这种教育模式会不会影响孩子以后的升学和求职生涯,毕竟,为了取得进步,遵循体制内的规则似乎是必要的。她认为这种想法是缺乏理想主义的表现,但也让我放心,说这种教育模式仅限于幼儿园阶段,他们确实设立了一个小学水平的小班,但这些农场学校都不开设初中课程,所以孩子们小学毕业后仍可进入体制内学校学习。不过,有些家长坚决不让孩子进入公立学校,而是申请不怎么看中国考试成绩的外国学校。他们认为,接受体制内教育弊大于利。

萧女士邀请我去学校参加春分庆典。她结合农历与二十四节气,策划了一套以四季更迭为脉络的学年课程体系。她非常注重中国的传统节日,对中国诸多学校的西化嗤之以鼻。她想教孩子们了解自己的文化传统,想传授一年的自然变迁。这个庆典就是为了展现春回大地之际万物的新生。

竹和田学校位于靠近洱海的一片农田中央。其实学校是由农场改建而成的——一排三间的木屋改成了教室,旁边是一个砖砌的厨房,常春藤爬满了厨房外壁,使那里看上去像童话中的场景。学校里有沙坑、木制的舞台,还有一片空旷田野中央的一座圆顶温室,旁边有块精心打理的菜地和一个兔笼,后面还有两只山羊在吃草。远处群山耸立,山顶积雪正在消融,十几个学龄前儿童在学校里奔跑嬉戏。

竹和田学校没有班级之分,课程教学紧密结合自然环境,全体学生一起上课。为了学习数学,孩子们会数菜园里的小白菜的棵数，然后采摘几棵，既可以练习减法运算，又可以准备午餐食材。为了学习写作，孩子们给田里的花朵浇水，用蜡笔画下来，再在旁边写一段话描述此情此景。情感表达课上，他们或是画水彩画，或是在摆满乐器的教室里聊天、演奏乐曲。

学校有三位老师，有位叫燕子的老师，用道家经典《道德经》中的一段话跟我解释了她的教学理念。她刚好要把这句话教给学生，就顺便写在了黑板上：

一生二，二生三，三生万物。

"在这里，我们不教孩子现成的东西和算好的数据，"她跟我说，好像把我当成学校的新生，"孩子们会知道，一粒种子会长成一棵植物，这棵植物会变成两棵，变成三棵，长成一片……获取知识并不是唯一的学习方式。生活即学习，经历即学习。相比在书里、学校里学到的知识，孩子们对生活中学到的东西会有更透彻的理解。"

我们是上一辈教育方式的产物，是我们所接受的价值观的产物。我接受了卓越的教育，但压力很大，那是典型的精英教育，以目标为导向。看着孩子们在户外肆意奔跑，双手沾满了新鲜泥土，我嫉妒他们的童年，嫉妒他们接受了这样的教育：除了幸福，别无所求。

突然，草地上飘起一阵悠扬的笛声。竹和田学校的十几个学龄前儿童闻声排成整齐的队伍。他们穿着自己动手制作的绿色服装。他们的一位老师也穿着绿衣，站在温室旁新耕的土地中间。孩子们在他周围围成一圈，小心翼翼地走着。在这块耕耘过的土地四周，其他种子刚刚发芽，绿油油的小脑袋探出了土壤。

在老师的带领下，孩子们在泥土上来回踩，效仿中国神话里的雷公。相传，雷公会打雷震动大地，让庄稼生长，惊醒春虫。大家舞动手指，模仿下雨，这是春雨滋润新苗之意。然后他们弯腰蹲下，模仿发芽的蓓蕾，向阳生长。最后，他们发出"咯咯"的声音（植物生长的声音），仿佛这样能帮助他们种下的花快快长大。孩子们或许并不理解，但老师明白其中的深意。他们也加入了："咯咯，咯咯，咯咯。"

笛声又悠悠响起，老师绿衣飘袂，吹着笛子带着学生向湖岸走去。有那么一瞬间，我把他想象成了邪恶的魔笛手，觉得他要诱导孩子跳进湖中，献祭春天。但这只是我的想象而已。事实上，他只是从一棵垂柳上剪下柳枝，编成花环，像精灵王国的加冕一般，戴到孩子头上。

一群学生在木制的舞台上演了出短剧，他们拿着空水罐，假装里面有水，倒到同学头上，那些同学则瞬间挺立，就像嫩芽长大。午餐是孩子们自己做的春卷。吃完饭，他们和燕子老师一起写诗，照着固定的句式，写了首七言绝句：

万里晴空映翠绮，
新雨轻拂地微鸣。
春风习习轻拂面，

回暖大地遍林青。

群山愈发葱郁,大理春意盎然。春分过后,白天气温可达二十摄氏度以上。村路两旁,樱花开得正盛,粉色花蕊娇艳欲滴。樱花树上方的山坡也焕发出勃勃生机,新长出的枝叶呈现出更为浅淡的青柠色,取代了往日浓郁的深绿。

云南海拔较高,炽热的阳光穿透湛蓝的天空,一直照耀到很晚。我们所处的位置明显在北京的西边,但中国统一用一个时区计时,所以这里的日出日落要比北京晚两个小时——早上八点日出,晚上八点日落,如此漫长的日照时间,让我们拥有了大把的闲暇时光。此时,白昼已经比黑夜更长了。

如今,我在这个山谷里住得越来越自在。夜晚不再那么漆黑难挨,白天也不再那么孤单。我慢慢习惯了我的新家,认识了来大理的新移居者,结交了新朋友。但我来这里也是为了远离一切,包括人群。于是,我开始探索银桥村上方的山坡,山坡一直延伸到两千米高的山顶。

这些山峰都有着富有诗意的名字。我正上方是三阳峰,向南望去,雪人峰、应乐峰等绵延不绝,直至苍山之巅——海拔四千一百二十二米的马龙峰。山脊线蜿蜒伸展,直至斜阳峰畔,遥遥可见山下的下关镇。当地传说,这连绵的山脉是一条沉睡巨龙的脊背化成的,巨龙融入山体,脊背上的鳞片化作山峰。

十八条冰川槽谷将十九座山峰分隔开，每条峡谷都由一条溪流冲刷而成。溪流各有名称，如龙溪、绿玉溪。玉带云游路南起清碧溪附近，沿途穿过自然公园。一路飞瀑跌滑，水潭氤氲。七龙女池便在这条路上，相传，七位龙女曾于月光之下在此沐浴，起码坐缆车观光的游客听说的都是这个版本。

前年，我第一次在此乘坐缆车，有些游客一看就是从钢筋水泥丛林里过来的，从未见过这样的绿意盎然之景。我和一个来自深圳的三口之家同坐一节车厢，七岁的女儿把鼻子贴在车窗上，睁大眼睛看着葱郁森林，问道："爸爸，这就是大自然吗？"她生来就住在高楼大厦之中，唯一见过的绿植就是小区公园里的树。我走在山间小径上，不禁感叹，人类生来就不应该生活在城市里。

由于疫情封控，城市居民来不了大理，这意味着我们这些新大理人可以独享大自然的一切。我走在玉带云游路上，半山腰独我一人。我买了一顶单人帐篷，在山里的林间空地露营，头顶是一望无际的星空。我沿着各个小径爬上山坡，在脑中（也在全球卫星定位系统上）勾勒出这些小径的各个分支，有些蜿蜒至尽头，有些通往茶田。

白石溪和灵泉溪从山顶沿着峡谷蜿蜒而下，银桥村便坐落其间。白石溪河床宽阔，底部多分布页岩，因被冲下来的白垩和大理岩而得名。冰河时期，这里曾是冰川，冰川下游有一块片岩巨石，高达二十米，且裂成了两半，仿佛是被巨人从天上扔下来的。当地相传，这块巨石是唐代道教八仙之一放在此处的。岩壁上凿了神龛，在一幅八仙过海的画像下摆放着水果和糖果等供品。科学之家的戴恩经获准，在峭壁上规划了许多攀岩路线。他在那里教我攀岩，白石溪在下方潺潺流淌。

山腰曾有人开采大理石，或者说过去一直在开采。大理因这一资源闻名于世，中文里"大理石"一词，字面意思就是"大理的石头"。当地暴发户常用大理石铺设地板，除此之外，也可将大理石切成一片片石材，装裱出售。石面花纹如雾气缭绕的山峦般连绵起伏，犹如中国山水画。但由于开采过度，现已被禁止。小径路口立起大型红色告示牌，警告当地人不要"收集石头"，山上的一个大理石采石场也关门了。

有一次，我沿着白石溪边的一条小路往上走，路过一个攀岩点时，碰到了三位从山顶下来的花甲老人，额上缠着头巾，都背着重达三十斤的大理石板，沿狭窄山路小心翼翼地往下走。他们停下来歇息了一会儿，跟我聊了几句，让我不要跟任何人提起在此见过他们。我看离日落还有几个小时，就问他们从这条路能不能走到山顶，要走多久。

"你明天就能到山顶了，"其中一个人回答道，眼里闪烁着光芒，"前提是你能熬过今晚。"山路很危险，他说，每年都有人死在半山腰。大多数人都是"外地人"，他们以为四千米海拔处的气温跟两千米处差不多。他们死因各异，或是因为在山顶露宿，夜里气温急剧下降，致使他们丧命；或是出了意外，困在山里，得不到救援，最后遇难。我有个朋友给我讲过一个故事：他的一个熟人在夜里下山途中划伤了腿，失血过多而死。第二天早上人们才发现他的尸体。我的这位朋友是名加拿大登山者，对这座山非常熟悉，他曾偶然进入山里的一个洞穴，里面有三具骸骨——两个孩子，一个成年人，他们掉进洞穴，再也没能爬出来。

我打算择日再登山顶，掉头战战兢兢地回了家。

苍山能让人断送性命，亦能滋养村民生计。我所住村子上方的山坡上，茶田遍布，一排排低矮的茶树整齐而立，每块茶田分属一户人家。银桥村的叔叔阿姨们已在采摘春茶嫩芽，他们轻轻捻下芽尖上的三片叶子，仔仔细细地放进柳条筐中，以备晾晒和揉捻。山坡上有家茶厂，砖砌的炉子上放着大锅，工人们在锅里翻炒新采的茶叶，随后将其移至阳光下，根据茶叶种类的不同，进行不同程度的干燥处理。云南的山茶在城里售价很高，每千克可以卖一千元。

其他村民，像我之前碰到的那三位老人那样，会采集大理石到城里卖，一块大概能卖一百元，人们会把这些大理石切开，露出里面的纹理。有些人把山坡上的杜鹃花树连根拔起，背下山卖给新移居者，这些新移居者再把杜鹃花树种在院里，作为一处景观。有一次，我经过一条溪流，看见一群本地人在河里淘贵金属。这些饱含矿物质的溪水从山里流过来，被直接引入了我们的家中。大理市场上卖的许多草药也都是从山里林间采摘的。

随着天气逐渐转暖,在小径上散步成了人们喜欢的活动。有些路挖得很深,比较宽阔,足以让驴子上下运送物资。另一些崎岖不平,蜿蜒曲折,通向茶田。还有些杂草丛生,偏僻隐蔽,尽头荆棘遍生。每条小径都通往松林深处,走着走着,偶尔会有一片开阔的草地映入眼帘。从草地可看见绵延山脊之上,雪线正在后退,露出山岩灌木。

山上也是供奉神灵之地。几乎每条山路的入口处都有祭祀山神的神龛。我家附近的山路上,有个矮矮的水泥神龛,里面供奉着三尊神像:山神、湖神和白须飘飘的太上老君。正值农历三月初三,每年这个时候,附近有座寺庙都会庆祝上巳节,以纪念一位当地女子。相传,她在山林中邂逅了南诏国王子,两人相爱。我踏上一座座山,它们的历史传说,以及曾经覆盖其上的冰川,都深深地沉淀在这片土地之中。

我慢慢了解到,这片森林其实才种不久。在"大跃进"时代,这里的许多树木都被砍了,用作土法炼钢的燃料,云南其他大片森林也遭此劫难。这就是当时的立场:大自然为人类服务。大理在二十世纪八十年代重新植树造林,经过多年的过度开发,当地政府如今正不遗余力地守护这片土地的森林资源。不知山神是否会降罪人类。

天气渐热,山谷中空气干燥,正处于火灾的高发时节。苍山每年都会发生森林火灾,火势从村里蔓延到山坡上的森林,春风之下,野火肆虐。政府派护林员看守山路口,检查徒步旅行者是否携带打火机,还在村里用大喇叭播报禁忌事项。但苍山太大，总有疏漏，难以控制。护林员说，火源通常是烟头，当然，放烟花，孩子们玩火，或阳光以某种角度照射到废弃的玻璃瓶上，都有可能引发火灾。

后来，我目睹了一场火灾。银桥村以北五公里的山坡处火光冲天，我从家里能看见森林上方黑烟腾腾，一边蜿蜒升起一边缓缓消散。从这个距离望去，只能看到一点点红色的火光。数百名护林员聚在一起灭火，几十辆消防车载着消防队员从应急消防部赶过来。一架直升机也在帮忙，它在湖面上空盘旋，将悬挂在机架上的巨型水桶浸入水中，然后飞起，将水倾倒在火焰上，来来回回重复这个过程。消防员们有人指挥，有人灭火，协力阻止火灾肆虐。

大火燃了整整一夜，黎明时分终于被扑灭。大家阻挡火势向周边屋舍蔓延，没有村民伤亡。但直升机在最后一次贴近湖面取水时，不幸失去控制，坠入水中，四名机组人员全部遇难。有关部门调查火灾起因，但并无任何结果。我问护林员，若纵火犯最终落网，会面临怎样的结果，他回答得斩钉截铁："坐牢。"

这些护林员都是临时工，从当地村庄应征而来，住在林中简陋的棚屋里。他们每次轮岗要待上五天，直到下一位来接替。听其中一个人说，他们工资微薄，一个月只有两百元。这些人大多是老人，只会种地。棚屋里没有电，但有煤气罐和炉子，还有些蔬菜。有一次，我看到他们中的两个人在剥树枝上的树皮，然后浸泡煮沸，把树皮煮软到能下口的程度。

他们跟我说"只是觉得好玩"。当地以前闹饥荒的时候，人们就这么吃，现在他们以此打发时间，还能丰富饮食。

当我抬头望向群山时，心中涌起了一种新的敬意。几千年来，大山养活了大理人，给了他们木柴、食物、水源，成为人们朝拜的圣地，也带来了财富。大山滋养生命，也带来死亡。现在，大山呼唤着我们这代渴望自然的外来者——唤醒我们灵魂深处亲近大地母亲的渴望。我们仿佛被大山之力吸引，搬来这里。也许，如果我们回应大山，大山会以春日森林万物复苏般的生机，赐予我们新生。

我很喜欢中国的一个成语：落叶归根。短短四字道出了自然与生命的轮回。春种秋收，秋叶归尘，化为肥料，滋养来年播下的种子。不过，它最常用来形容那些在人生暮年回到家乡的老人。

李观宇就是其中之一。他今年八十岁，生在银桥村，长在银桥村，结婚后到云南另一个镇上务农、打工。二十年前，他感受到自己出生地的召唤，于是搬回家乡养老。他儿子在下关镇开了家建筑公司，在家乡老房原址上建了栋三层的水泥房，就在我家附近。但李观宇就是不搬进去，水泥房也就空置了。他把隔壁残破不堪的柴房改成了自己的养老小屋，和妻子住在那里，用木炉生火做饭，睡在高高的硬板床上，这是他一直以来的习惯。

观宇意为"观看宇宙"。每次我路过时，他总是吸着塞满烟草的长烟斗，表情木然，像在思考谜题。他经常敲响我家大门，如果门开着，他就会不打招呼直接进来，和我拉家常。我自己也备了些英国烟丝，晚上在屋檐下抽，他总是径直走向我放烟丝的地方，边跟我聊天边把他的烟斗塞得满满当当。李观宇给我讲了他的童年旧事，那时村里各家都很穷，他家一年只能吃一次肉。现在，市场上可以买到新鲜猪肉，他们每天都能吃到肉了。

"变化挺大的，"他边说边吸烟斗，"但环境没变。"我问他为何在迟暮之年感受到大理的召唤。"因为这里是我家，"他说话向来言简意赅，"不错的家。"

其他的退休老人也有同样的感受，而且不只是那些在这里出生的人。这里的新移居者中，各个年龄段的人都有，其中很多都是银发老人。他们搬来这里，目的和李观宇一样，想在山村中寻觅静谧平和。正是"落叶"之际，他们在寻找自己的"根"，即便大理不是他们的祖籍地，他们也想在此安度晚年。

在中国，退休年龄相对较早——男性六十岁，女性五十岁或五十五岁。大理气候温和，生活成本低，因此成了人们安度漫长晚年的理想之地。一些退休老人翻修了乡里的老屋，另一些人则搬进了山谷中新建的别墅式住宅，这些住宅多以"山水之间""大理小院"等为名，掀起一股房地产热潮，在此投资买房的人赚得盆满钵满。果壳这样的移居人士开玩笑说，他们三十多岁就提前退休过来了。而那些真正退休的人，则来此度过余生，再不离开。

在银桥村，我经常路过周老师家，她是位刚退休的小学教师，丈夫没满六十岁，还在广州工作，她在此打理自家院子的花园，等着丈夫退休过来。她戴着金丝眼镜，脸上总是洋溢着幸福的笑容。周老师爱穿飘逸的长袍，在修剪整齐的草坪上来来回回地踱步，修剪藤蔓，或给仙人掌浇水。去年开始，周老师远离都市喧嚣，隐居在此，通过描绘乡村生活场景来学习国画。其中一幅画的是一群奶奶经过我家的情景，配的文字是"外国作家的家"。

我又去拜访了客栈老板果壳。他父母终于来大理看他了。我刚到，就见到了他的父亲，历经人生六十夏，这位老人的皮肤变得黝黑而粗糙。他正在巡察菜地，而果壳的母亲坐在一旁和儿媳喝茶，用缺口的门牙嗑瓜子。父母二人都不赞成果壳搬来这里生活的选择，指着客栈那些空荡荡的客房唠唠抱怨。但一盏茶后，果壳的父亲躺在走廊的折叠椅上，在云南的灿烂阳光下舒展身子，看着孙女在沙坑里玩耍，不禁自言自语道："倒是个养老的好地方。"

后来，我遇到了另一对老年夫妇，他们退休后甚至把自己的户口迁到了大理。户口相当于中国的国内护照，根据公民的出生地赋予他们当地的一些权益。长期以来，户口一直是那些想从农村迁往城市的人的桎梏。搬去城里住倒是容易，直接坐车去就行了，但这些没有城市户口的外来务工人员，总是受到农村户口的限制，不能在城里买房，没办法让孩子上好学校。他们的梦想就是把户口转到城里来（一线城市户口最难），以此作为他们在城市取得成功的标志。把城市户口转回农村实在是不可思议，甚至没有清晰的程序规定，毕竟几乎没人这么干。

但陈医生夫妇这么做了。陈医生来自中国的繁华大都市——重庆，之前是妇产科医生。二〇一四年，她和丈夫搬到了大理的鹤阳村，也就是果壳住的村子，那里是政府批准城市户口转为农村户口的试点区。把户口转到这里后，他们就能直接买四合院，还可直接租用农田。来此居住的逆向移居者如果没有当地户口，是做不了这些事的。经过三十年的城市化进程，农村人口放弃田地，挤进城里，而来到农村的城里人却想换成农村户口，想大口呼吸清新空气，在大自然中舒缓身心，不受任何阻碍。

陈医生夫妇在山下租了六亩地。他们雇人撑起脚柱，搭了一个"临时小屋"（农田里不允许建长期建筑）。小屋横跨小溪，溪流淌向旁边一个大池塘。他们种了玫瑰、荷花和水稻，用山泉水浇灌田地。竹林幽幽，夫妻二人每日做饭、招待客人，或者干脆整天坐着喝茶（这是大理人最喜欢的消遣方式），静赏春风吹拂池中泊船。

陈医生说："我们迫不及待地想离开重庆。我们讨厌重庆的天气，讨厌雾霾，讨厌交通堵塞。人和人彼此都不认识，左邻右舍跟陌生人似的。"相比之下，在这里，每个人都是她的朋友。"就像回到了小时候，"她回忆道，还很多次提到"与大地的联系"。她称这里为"好地"：美好的土地。这个词在中国有特别含义，能唤起人们对土地的本能的眷恋，毕竟那是养育了他们祖先的土地。在城里，陈医生接生了一代又一代与土地无缘的人，但她仍记得小时候的那片好地。那时重庆郊区的山地还是一片荒野，混凝土还没侵蚀这片翠绿。所以，她退休后，趁自己还有力气种地，回到了大地母亲的怀抱。

也许，这正是我们所追求的：一个可以思考和感受的空间；用自己的双手去创造；在阳光洒满大地的时刻，悠然漫步其中；亲手照料庄稼；停下脚步，简单生活；最后，放松休息。

有天早上，我在院里喝着当地咖啡，看着天上云卷云舒。云南的云是那么的美，这里不愧是"彩云之南"。而大理的云总给我一种脱俗出尘之感，或在山间翻涌成浪，或凝聚成高笋之状，有蓬松的积云、悬浮的荚状云、纤细的卷云，不同时段，阳光穿过云朵，给它们染上了彩虹般的色彩。我能花上几个小时看天上云朵变幻，放空思绪，仿佛置身于一个远离尘世的世界。

门外鞭炮噼里啪啦，把我拉回现实世界。在中国农村，在婚礼上或其他特殊日子，人们都会放鞭炮。我走出家门，看到一队人经过我家门口——约二十个村民穿着统一的衣服，抬着轿子，队前有人高举一面纸幡，还有位乐手吹着唢呐。但整队人都毫无喜气：每个人都身着白衣，轿里空荡荡的，只有一张照片、一个盒子，一位妇女跟在队伍后面泣不成声。这不是婚礼，是葬礼。

这是李爷爷的丧事。他是李观宇的堂兄，住在村头最后面那所房子里，就在山间步道起点处的佛寺旁边。他家是矮矮的砖砌院子，里面养了三只鸡，是院子的守护神，像小型（或者说家禽版）地狱看门犬，会在院门口对我又叫又啄。

李爷爷在银桥村种了一辈子田，此前已经病了几个月，最终在几天前的晚上与世长辞（当地说法叫"老了"），享年八十二岁，但也有人非说是八十三岁。守灵守了一天一夜，之后是火化。今天要将他的骨灰送上山安葬。

送葬队伍在村里绕了一圈，每走二十米就停下来放次鞭炮，摆上祭品，供奉引导李爷爷灵魂的神灵。送葬队行过，地上留下一串烧痕，他们缓缓爬上山坡，走向最后的供奉之地——山神庙。他们烧了引魂幡，唢呐吹起最后一首哀歌。我问那位一直大哭的中年妇女，李爷爷是她什么人。

"我不是他的亲戚。"她毫无感情地说道，然后继续悲痛欲绝地哀号李爷爷的名字。原来，她是一名职业哭丧人。这在中国并不鲜见，有些人家会雇哭丧人来为葬礼增添悲伤的氛围。

送丧队渐渐散去，只剩李爷爷的三位直系亲属带着他的照片和骨灰继续上山。我跟在他们后面，一直走到一个骨灰堂，一排排简陋柜子里放着一个个装饰华丽的骨灰盒。他们把李爷爷的骨灰安放在墙上一个带有编号的镀金盒子里锁起来，在盒子前的地上放了橘子做祭品。最后，我们回到他家院子，院里已摆上了宴席，用以感谢送葬的各位。大家把酒言欢，缅怀李老的一生。

他的孙女李大姐也来送葬了，还有她放在婴儿车里的孩子。小宝宝咿咿呀呀地，像在和外曾祖父道别。她的外曾祖父那代人经历了中国历史上的一个时代，而这个时代对小宝宝即将面对的世界来说是难以想象的。李大姐在几年前就离开了大理，和丈夫一起在中国东部沿海的一家机械零件厂上班，已经一年多没回家了。她坐了长途火车赶回来看望弥留之际的祖父，想给李爷爷看看自己的孩子，看看李家最小的一代。然而，在最后一程，列车晚点了，再加上为了疫情防控而设置的种种出行限制，她没赶上从车站开往村子的第一班车。她含泪告诉我，她赶到时，祖父已经在两小时前过世了。

山上遍布安息之人。散步时，我时不时会遇到茶田中的一块坟地，里面分布着几座低矮的石墓，大理石墓碑上竖刻着逝者之名，旁边还刻了家谱。我对此倒是很熟悉，邻居杨奶奶自己的墓碑就立在我家大门口的柴房旁边，她每次过来捡柴，墓碑就如死亡提醒一般，等待着她生命终结的那一天。

一直以来，苍山是大理白族人的安息之地。他们来自苍山，也将回到苍山。然而，最近出台的新规定禁止在苍山上安葬逝者，因为苍山的空间所剩不多，除此之外，还要控制传统坟墓的修建。政府建了骨灰堂，用以安置骨灰。所以，杨奶奶的墓碑派不上用场了。她女儿杨阿姨还在抱怨,说事先就把墓碑刻好真是浪费钱。

李爷爷的丧事后不久,便到了四月四日,这一天是清明节,清明也是二十四节气的第五个节气。"清明",即"气清景明"。按照传统,每逢这一时节,人们要祭拜祖先,扫墓除草,表示敬意。在大理,大多数老坟都葬在深山老林,因此,清明也是一家老小共去山林踏青的好时机。

清明祭祖的一个重要习俗便是焚烧冥币,供养彼岸世界的先祖,还要为逝者点燃香烛。这一天对防火管理员来说是特别具有挑战性的一天,他们要禁止这一古老习俗,以防山火。为防火灾,山间墓地遍布塑料水罐,以备不时之需,旁边还拉了红色横幅,上面写着"毁林有罪法必究"。尽管如此,仍有个别家庭冒着风险点火燃香。他们更怕因不孝而遭到报应。

过世不久的逝者的骨灰如果放在骨灰堂的柜子里,他们的家人就无墓可扫了。但即便如此,家人还是会徒步上山去骨灰堂,在自家的骨灰盒下面放点水果、糖果,用抹布擦去盒上灰尘。骨灰堂后面是个消防护林站,后面的山坡遍地坟墓。村里的其他人家带着小孩,带了餐食,陆陆续续来此踏青,祭拜祖宗。

在这里,我碰到了隔壁邻居杨阿姨和杨奶奶,两人的丈夫都葬在这座山上。小刘提着水泥和泥刀跟在后面,修整父亲和外祖父的墓基。修好后,三人摆上水果祭品,在两座墓前分别放一杯高粱酒，两侧支起未燃的香烛。没有哭喊，没有作声，没有拖拉，干脆利落。我问杨阿姨，为英年早逝的丈夫扫墓是什么感受。杨阿姨只是简单答了句："应该的。"逝者已逝，生者还要继续生活。

这一年清明节也是全国哀悼日，以缅怀在新冠疫情初期不幸离世的人。在国外，疫情全面暴发，而中国进行了严格的城市封锁，到此时几乎不再出现新病例。这场世界性的危机给千千万万的人带来伤痛，但在大理，人们很容易觉得与之不相干。我们在此几乎与世隔绝，因而躲过了最糟的情况，就像藏进了山里的老鼠洞。远离人群，这正是我们来此的目的。

后来，西方国家开始疫情封控，中国边境封闭，我困在了这里。对此我并不在意——这是我自己的选择。但远离故土，我不禁也有些想念家乡。站在那些坟地中间，周围是不属于我自己文化背景的先人的坟墓，我脑中又闪过疑问：我为什么在这里？我是在学习一种新的文化，还是仅仅在逃避自己的文化？我的思绪飘向了远方的父母，不知他们是否安康，又因想到与他们隔着大约五千英里而痛苦。我想起了前未婚妻——这是种别样的哀悼。站在这些逝者之间，我感到前所未有的孤独。我们每个人都有自己要扫的墓。

我走下山去，继续观云。蓝天之上，一缕孤零零的卷云被风吹过，消散于无形。

来此定居第一年的农历三月,我感觉自己的新生活扎根更深了。大理正是春盛之际,风渐渐退却,天气渐热,阳光朦胧刺眼。天气正好,我和其他新移居者一样,有了新的消遣:打理花园。

刚搬来那时,院里花园杂草丛生,光是拔草就花了整整一天的时间——拽起深植土中的根系,扯下墙上黏糊糊的藤蔓,然后用锄头翻土,直至土壤平整松散。我把厨余垃圾当作肥料,又到处找蚯蚓,把这些一起堆到土里。厨房有玻璃屋顶,我就把厨房当成温室,在冰箱顶上放个托盘培育种子,把长出来的幼苗移栽到花园里。我搭了个棚架,移植了一株从市集上买来的西番莲幼藤。我还在村边的小路上发现了一株被折断丢弃的仙人掌,便把它插在角落里的泥土里,希望它尚存生机。邻居送了我一株山上摘的芦荟,当我在户外待得太久被晒伤时,它那黏糊糊的汁液就成了我的晒伤药膏。

几个月后,看着自己的努力有了成果,我打心底觉得高兴。种子发了芽,不知不觉中慢慢长成了番茄、茄子、西葫芦、莴苣。那株仙人掌顶端生出了小仙人掌,百香果藤以惊人的速度爬满了棚架。那盆无人在意的盆景也长得茁壮茂盛。桂花树又长出了一层新叶,而且开始开花了。我收获了第一批小番茄和绿叶蔬菜,配上自制的面包和拉布尼酱,吃上了自己种的东西。这样一件简单平常的事,却让我感受到了前所未有的满足。

三十四岁这年,我终于开始学习做饭了。以前,我一直生活在城里——其中十年在中国度过。在中国，在外吃饭既便宜又方便，我只会做意大利面，炒点菜，从未学过怎么做其他饭菜。疫情期间我搬到农村，才发现自己多么依赖餐馆、外卖、瓶装食材、预制酱料、微波食品。在便利经济时代，我几乎无法独立照顾自己。我在大理生活这场"实验"的一个目标就是自己照顾自己，喂饱自己似乎是个不错的开始。

厨房外屋里放了各种香料、糖、醋、油和淀粉，就像一个实验室。我这个菜鸟开始做普通的中式菜肴，研究世界各地的菜。新移居者都很喜欢钻研厨艺。我向丽丽讨教怎么做饭，她就住在 OM 山洞，是我新交的朋友。她教我切菜时要用手抵着刀，教我用筷子和瓷盘搭蒸锅蒸东西，教我用纱布过滤酸奶干酪，教我给鱼刮鳞、去肠，裹面糊放锅里煎。我学会了发酵康普茶，学会了烤面包和比萨，学会了自己腌菜、做果酱。我还买了灌香肠的工具和肠衣，自己动手做香肠。一位本地老奶奶养了一头奶牛，我从她那儿买来鲜牛奶，试着撇去奶皮，把牛奶搅拌、过滤成黄油和奶酪，但失败了。不过，我在牛奶里加了点酵母，慢慢加热，做成了美味可口的酸奶，我每天早上都把自烤的谷物麦片拌进酸奶吃。

村里的农产品新鲜多样。每天早上，一位大叔都会在麻将馆旁的铁桌上卖凌晨现宰的猪肉。隔壁便利店会售卖当地农场送来的新鲜鸡蛋。农历每月的初三、十一、十八和二十六都有集可赶，不过现在只有老人才用农历记日子，年轻人还得查查对应的是哪天。集市的货物铺满了我家门外的小巷，慢慢占满了篮球场，烤罗非鱼和烤豆腐的香味飘满集市，村民在这里卖自家种的水果、蔬菜、薯类，还有一些云南特色美食，如大米煎饼、酥炸蝗虫、腌制火腿，还有各种各样的根茎和花卉食材，之前我都不知道这些也能吃。有机食材琳琅满目，看不到一点塑料包装。

大理每个村子都有这种市集，但最盛大的还是一年一度的"三月街民族节"——农历三月十五（大概在阳历四月初）开始，在古城山门斜坡上的鹅卵石路上举行。节日的起源可追溯到大理最早的那批商人，他们多是从东南亚或西藏过来的，聚在这个南方丝绸之路的枢纽地带。现在，每逢三月街，大理古城既有市集，也有各种精彩演出。有当地白族的歌舞表演，还有在山上的赛马比赛。不过这一年由于疫情封控，大家只能线上观看比赛的直播。

在大理的农贸市场，你能买到各种之前从来不知道自己想要的东西，从山野蜂蜜到缅甸玉石应有尽有。在这里还能算命、采耳。只有你想不到的，没有集市上买不到的。这里还卖各种药材，从山上采来的野生根茶也在其中，还有一个牌子上写着"蛇粉"补品，听起来很吓人。你可以在浅水池走一圈，买条活鱼带回家，也可以选个在笼里关着的活禽，让卖家给你现杀、拔毛。银桥集市里有个固定摊位，摆着一排排假牙，一个叼着香烟的男人可以当场帮你拔牙、补牙。

偶尔，我也会在集市上碰到其他城市移居者，他们在摊位之间逛来逛去，把蔬菜装满柳条筐，背在背上拿回家切。

现在跟新认识的人打交道，我学会了不要问他们在大理"干什么"。这种问题会让人觉得我是新来的，这是种城市思维，由此打听对方的身份定位，就像口头上的打量。我第一次问道木匠（就是那位正在建木屋的木匠兼哲学家）这个问题时，他不屑地看了我一眼，回答："我活着。"

在大理，我们衡量人的标准不是看我们做了什么，而是看我们做得多么少。当地人起早贪黑辛苦劳作，而我们却在这里研究厨艺，打理花园，自己做各种东西，去别人院子里喝茶消磨时光。人们对乡村的"简单生活"有一种浪漫的想象，但我们过的是一种享有特权的简单生活。这些逆向移居者之中，雅皮士有远程工作，或靠自己的积蓄度日，嬉皮士则在街头卖艺，摆摊卖点手工做的首饰、衣服、熏香和香皂。这两类人都同样被阳光照耀下漫长而慵懒的午后时光所吸引。大理给了我们新的生活，却也埋葬了我们的干劲和抱负。

事业有成只是被新大理人重新审视的众多传统的成功标准之一。他们还看不上对财富和物质的积累，不喜欢买各种流水线产品，拒绝过度依赖现代科技。正如道木匠所说："你最好问问自己，你的生活方式是真的让你快乐，还是只是你以为它能带给你快乐。"他提到了《黑客帝国》，说我们都得逃离那样的世界。他说："百分之九十九的人都活在矩阵世界里。"

这种对主流的蔑视有时让我觉得有点烦，就好像只有他们像电影里的男主人公尼奥一样，有那么高的觉悟。但我又想，我之所以这么恼火，是因为这也切中了我的要害。我自己对成功的定义就是事业有成，达到一个个人生里程碑。有些里程碑达到了，有些没有（比如我三十多岁还没有结婚或买房）。但不管达没达到，我总是不满意。即便登上了其中一座"山峰"，也只会发现这不过是虚幻的地平线，越过这个地平线，我总是渴望更多，渴望登上更高的山峰，或者担心已经拥有的东西被人夺走。

实际上，虽然有了新爱好，身处田园诗般的地方，但我还是不快乐。更深层的不安依然存在，这是内心深处的疾病，灵魂上的疾病。很明显，光靠搬家是解决不了问题的。我想起了花园里的那些杂草，它们的根深深地扎进了土里。我的内心也是如此，我正视内心，看到自己童年的行为与思维模式生成的根系和藤蔓，在内心扎根疯长，缠绕纵横，我甚至都无法看清它们，更不用说彻底拔除了。我只想快乐，而一想到要清理内心那些杂草藤蔓，我就望而却步。我已经搬了家，但只有外界改变还不够，还需要内心的改变，这正是我要攀登的最高峰。

矩阵世界的影响在我身上最明显的体现，就是通过手机控制我的时间。闲暇时，手机漆黑的屏幕引诱着我，就像在说能给我刺激，让我能逃离当下的情绪。手机像一种麻醉剂，又像一条带来慰藉的毛毯。我沉迷忘我地刷新闻，在 YouTube 上看"重大糗事"集锦，在抖音上刷各种搞笑视频，在社交软件里刷朋友发的动态，因看到他们的成功而心生嫉妒。我沉迷于幻想之中，成了通知的奴隶，看见小红点就兴奋。我想少玩一会儿手机，却发现自己根本做不到。我的大脑渴望刺激，一旦没有了手机这个"毒品"，我就没法满足自己。

早在互联网出现之前，梭罗就曾在《瓦尔登湖》中嘲讽过这种冲动："请告诉我发生在这地球之上任何地方、任何人身上的新鲜事。"这位报迷说，那时他还不知道自己陷入了这个"黑暗深不可测的庞大洞穴"里。于是他来到湖畔，"如大自然一般自然地过"。《瓦尔登湖》也是另一本深受新大理人喜爱的书，在书架上与《庄子》放在一起。

受他们的启发，我开始戒网。晚上把手机关机，锁进盒子里，用电脑也很少联网。我开始做一些不用联网的活动：跑步、冥想、打太极、弹钢琴。我不再刷视频，转而埋进书海。没有网络处处不便，但我打理花园或做饭时，想的都是怎么种花做菜，两只手都忙不过来，我发现自己并不像想象中那样离不开网络这种"药物"。

我开始通过Zoom进行谈话治疗，学习了一些调节情绪的方法和技巧。几十年来，我一直相信，解决痛苦要依靠大脑思考：只要我对一个问题思考得足够深入，那总能想出办法，解决问题，治愈自己。但其实我总会困在某种想法或情绪里，就像鱼儿咬住了钩无法挣脱。现在，我学会了在情绪中舒展自身，任其自然存在，停止思考，让它们随风而去。如果我能放下未决的忧虑，使其如浮云般掠过，转而去做下一件确凿之事，我就能找到一点自由的感觉。

我养成的冥想习惯也很有裨益。大理的新移居者都很喜欢冥想，他们一坐就是几个小时，甚至参加长达一周的静修，追求正念状态，就像那些濒临崩溃的西方人做的那样。前一年夏天，我在泰国北部参加了为期十天的静坐冥想，学习内观修行，但回到家后，我自己每天最多只能坚持冥想十分钟。时间不长，但短时间的静坐也能降低我的皮质醇水平，消除焦虑，净化我的身心。我越是不想做冥想，就越会觉得有必要让心里那只上蹿下跳、抓心挠肝的猴子安静下来。

我没法靠自己戒掉网瘾，一天天沉浸在屏幕里的世界，我不想这样，索性放下骄傲，参加了一个十二步戒瘾计划。在这里，我学到了一个简单的智慧：自我意志不是解决问题的关键，而是问题所在。在放下自我的过程中，我们可以谦卑接受自己的本来面貌：不是天才，也不是废物，而是和其他人一样，只是不完美的普通人。然而，这一"智慧"的核心是一个巨大的悖论，我暂时还理解不了：当我们承认自己无法掌控一切时，解决办法竟然是放弃对掌控的追求，转而相信有一种比我们更强大的力量。

我开始慢慢拔除心中的杂草。当被负面想法或冲动困扰时，我就抬头看看院子上方的群山——那样巍峨，历经千秋万代，仍岿然挺立。如果真有什么更强大的力量，那这就是了。我沿着这些小路爬上山，感觉心灵得以喘息。一人独行是疗愈心灵的一剂良药。在大自然中，我得到了平静。松树荫下，新的嫩芽正在生长。我一步一步向前走着，什么也不用想，仿佛重新认识了自己——或者说，也许这是我第一次真正认识自己。

我想起来，在我对大理的幻想中，它的吸引力在于它的孤独感。我想逃离城市和社会，想营造一种浪漫而受伤的自我形象——一个在城市雾霾之上漂泊的流浪者。然而，孤独是一种内心的感受。在高楼大厦中、派对中、一段感情关系中，我都有过这种感觉。尽管它带来了心碎和自我怜悯，但其中也有一种慰藉。在绿树成荫的山中，我感受到了孤独如何升华为独处的宁静：爱自己，而不依赖别人来爱自己。我们在绿色自然中得到治愈。

旧树叶已经凋零，往昔的伤痕被封存在新长出的一圈圈年轮之中。拉金于诗中写道："然而这些不安的城堡仍然在每年五月饱满厚实地打谷。去年已死，它们似乎在说，重新，重新，重新开始吧。"

春风已经播撒下了种子。是时候让新的花朵绽放了。

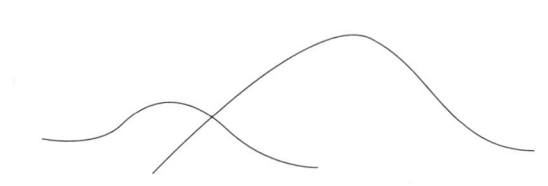

夏

花朝季

放眼望去，杜鹃盛开，把山坡变成了紫色。兰花娇弱的花苞点亮了村庄。更高处，鬼吹箫抬起了骷髅般的花苞。它们追随着阳光。此刻的大理灿烂明媚，一直艳阳高照。夏末时节，季风期到来，会带来降雨。但此时才入夏不久，阳光掠过洱海，水光潋滟。群山生机勃勃，我们悠闲自在的日子也如同这美景一般绚丽绽放。

　　阳历残酷的四月[①]末，正是农历四月的开端，不久后就是立夏。"三月街"结束后，"花子会"随之而来，当时三文笔村举行了为期一天的民间庆祝活动，人们在寺庙旁水沟边宰鸡，给到场的乞丐施舍吃食。我已习惯了在大理的日常生活，隔着竹篱笆，邻居杨阿姨每晚都和她的广场舞团一起排练。

　　我来大理已经三个月了，从某种程度上来说，这里慢慢给了我一种家的感觉。大理很有特色：亲近自然，气候温和，

---

① 化用自英国诗人艾略特的长诗《荒原》。

农产新鲜，物价便宜，还有充满活力的社群。可家并不仅仅是个地方，家意味着一种归属感，是与我们所爱之人的纽带。家是一种选择。我幻想来大理开启新生，选择搬来这里逃避过去的一切。我的生活表面上已经变了，但我的内心尚未改变。我认识了许多新人，但没有老朋友。在这里，我还没有归属感，是我自己选择了孤独。

我选择了孤独吗？也不能这么说。五月初，我收养了一只小白狗，它是一只中华田园犬，当地人称之为"土狗"。它有双忧郁的眼睛，早年在收容所受过创伤，比较内向。它喜欢一圈又一圈，像在轨道上一样地来回跑，我给它取名"月亮"。独自一人的山间散步变成了和它一起跑步，我们一路气喘吁吁地跑到骨灰堂，下山穿过茶园，经过灵泉溪边的水电站，再绕回那片种着蓝莓和甜玉米的田野，回到家中。我情绪低落时，它总会安慰我。有时，我们所需要的，不过是另一个生命的温柔触碰。

一天早上，我被另一种动物的叫声吵醒了，那听起来是猪在号叫。穿好衣服，走出门外，我看到一辆小货车，司机正从后面卸下一头挣扎、哀号的猪。他把这头肥猪推进我对面那户人家，我不禁为这头聪明的生物而难过，它知道接下来会发生什么。但我也知道这是为什么：明天会有一场婚宴。

大理这边，白族婚礼一般在新娘家举办。中国婚宴与其他的宴会差不多，纯粹是仪式性的，其实新人早在几个月前就已在当地民政局登记结婚，盖好了章。婚宴是为了让父母好好炫耀一番子女成家之喜而办的，也是吃席的好机会。这次婚礼的新娘姓杨，今年二十四岁，新郎来自湖畔另一个村子，也姓杨，二十七岁。两人并没有血缘关系，只是恰巧同姓。差不多一年前，共同好友介绍他俩认识，新郎家出了八万元彩礼，定下这门亲事。我感觉这对新人并不是很熟，跟我在中国农村参加其他婚礼时遇见的新人差不多。

婚宴前一天是专门留出来筹备宴会席面的。猪嗷嗷叫着，被捆起来，由一群叔叔伯伯合力按住。长长的钢刀刺进猪的心脏，猪血流进锅里，凝成块状。死去的猪被抬到外面，一位叔叔拿一个煤气喷灯，有条不紊地把猪熏黑，烧掉毛发。猪皮很厚，洗一洗搓一搓，切成条状，就做成了"生皮"——这是云南的一道特色美食，就是生的猪皮。

他们把猪开膛破肚，用水管把肠子洗干净，把瘦肉、肥肉都放在一边。屋外的柴火灶上架了两口超大的铁锅，叔叔们把猪切成大块，或煮或炸，猪蹄猪肚，猪肠猪脑，从头到尾，从里到外，毫不浪费。阿姨们也没闲着，都在洗菜，刮鱼，切土豆，炸面团。忙到下午，院里的六七张桌子上已摆满了令人垂涎欲滴的菜肴，有咸鸭蛋、小酥肉、清炒时蔬、酸汤鱼、甜糍粑、凉拌生皮。大厨们先饱餐一顿，桌上的菜留到明天再热。炊烟袅袅，像在昭告全村：明日都来吃大餐。

无须事先特意邀请。第二天一早，左邻右舍有想来的直接过来就行，在门口迎客的叔叔拿了本大号礼金簿，记下到场的是哪家，与这家是什么关系，包了多少份子钱。院里挂满了彩旗，在桌子旁，人们轮流就座。那头猪喂饱了大约两百人，红烧猪头则放在了父母所在的主桌，仿佛在居高临下审视全场。我是宴席上唯一的外国人，他们给我安排了猪头左耳那边的座位。

新郎长了张娃娃脸，虽然年轻，但已有了啤酒肚。宴席上，他一桌桌敬酒，亲朋好友劝酒不停，把他灌了个酩酊大醉。新娘却不见踪影。午饭后，我问他新娘怎么不在，他说他们正要去接亲。这是中国传统习俗，一种象征性的礼节仪式：把新娘从娘家接到新家。但我们一开始就在新娘家，而新娘其实先去了下关镇的一家美容院。新郎邀我跟他们一起开车去接新娘。我那辆车的副驾驶上坐了位伴郎，自称"虎哥"。他用香烟点了鞭炮，扔到车外，庆贺朋友新婚。

到了美容院，他们接到了穿着白色婚纱的新娘，不过伴娘们坚持要新郎先分发红包，才肯把新娘交出去。车队开回村子。途中，我们把车停在了三塔下的一座雕像旁，我倒是曾路过这里很多次，但从未停下来。这是尊金翅大鹏，在当地神话传说中，这只神秘巨鸟曾击退兴风作浪的毒龙。金翅大鹏肃然凝视着这座圆形广场。大家停车、下车，嘻嘻哈哈围在新郎身边打趣戏弄他，这是种比较现代的习俗，叫"闹婚"，人们会趁机羞辱新郎以取乐。

虎哥毫不心慈手软，非让新郎小杨脱光衣服，只留了一条红内裤在身上，然后逼他穿上了渔网袜。新娘身着白纱，手里被塞了根绳子，绳子的一端系在鞭炮上，新郎无可奈何，把绳的另一端系在自己最私密的部位上。虎哥饶有趣味地拽了拽绳子，确保绳子系紧之后，就点燃了鞭炮。火花四溅，新娘拉着新郎在广场上走，新郎则又蹦又跳，努力保护自己不丧失生孩子的能力。接下来，伴郎们把新郎官绑在柱子上，用保鲜膜裹起来，然后朝他扔鸡蛋。很显然，这个广场早已历经了多场婚闹，因为我注意到台阶上贴了个红色标语："抵制糟粕习俗，倡导文明婚礼"。

新郎清洗一番，穿上西装，回到岳父母家，老一辈人还在吃吃喝喝，对刚才的羞辱一无所知。唢呐的声音震天响，在司仪的主持下，新郎新娘开始敬茶，这是中国传统婚礼中不可或缺的仪式。他们依次在双方父母面前磕头，为他们一人敬上一盏茶，改口叫"爸爸""妈妈"。新郎的西装上还残留着一块蛋黄渍，但他已喝得烂醉如泥，根本顾不上这些了。

之后，我问这对新人，婚礼中哪个环节于他们而言最有意义。新娘回答说："都没意义。"这时她已换上了中国传统的红色衣服，"婚礼只是办给他们看的，不是为了我们。"

傍晚时分，晚宴散席，桌子也收拾干净了，这时最后一个惊喜出现了。我终于知道邻居杨阿姨整个春天都在练舞是为了什么了。她们舞蹈团的每个人都穿着带有精美刺绣的白色和粉色服装，打扮得漂漂亮亮的，戴着传统的白族金花帽：一顶饰有白色须穗的帽子，含风、花、雪、月四大元素。主持人介绍她们是"花姑娘"舞蹈团。她们挥舞着五颜六色的扇子，跳起了舞蹈《美丽中国唱起来》。我已经看她们练了上百次。

楼上，新人已回到了新婚房间。墙上挂着巨幅婚纱照，是两人在湖畔拍的，照片下方铺着崭新的红床单。伴娘们团团围住受了一天折腾的新郎，让他做俯卧撑，把张张百元大钞呈给害羞尴尬的新娘，好让他知道家中谁是老大。他们现在看上去已经筋疲力尽了。但他们熬过了这一天，熬过了新旧交融、汉族和白族传统混杂的习俗。很快，他们就能单独相处，终于可以好好地互相了解一下了。

我走去路对面，回了家。看了一天婚礼，我同样疲惫不堪。婚礼盛大的热闹场面，更让我觉得自己不属于这里。对村民们来说，我只是许许多多路过大理的外国人之一，像婚礼上的新奇景点。他们都要来跟我合影，觉得有意思。这里是他们的家，但也会是我的家吗？我又想起了前未婚妻，想起我们计划好却没能举行的婚礼。玫瑰盛开又凋零。但鲜艳花瓣凋谢时，花朵才开始结果。

在此时节，在大理结婚的人很多，而且不只是当地人在此结婚。大理风景如画，中国很多人都来这里拍婚纱照。订婚的新人一般会在登记结婚、举行婚礼之前，穿戴齐整，找个风景优美的地方作为背景，拍照纪念，这就是婚纱照。经济条件较好的情侣会前往一个特别的地方拍摄婚纱照，他们在婚纱照上的花费甚至可能比婚礼本身还要多。

婚纱照服务行业在大理周边迅速兴起，包括摄影、化妆服务，以及婚纱和情侣装出租。就连我们村里也有一家，也就是东北人大新开的"原始客栈"。他告诉我，装修客栈的主要标准就是要"拍照好看"。这家客栈的锦鲤池中间是个下沉式茶桌，后面架着雕花木椽，摆了棵樱桃树，还有个情侣秋千，远处是绵延群山。这些共同构成了一幅美丽的画面。客栈里屋放满了蓬蓬的婚纱。大新一般带客人到茶园或湖边拍照。

前几个月，疫情封控限行，但现在已经解封了，山谷里又挤满了游客。中国在国际劳动节放五天假，自五月一日起，大理古城人头攒动，挤得人寸步难行。这时的大理，除了坐拥苍山洱海这种自然风光，还会出现人山人海之景。洱海边全是新娘，身着白纱或红裙，撑着阳伞摆姿势，摄影师们举着反光板指导她们怎么摆动作。

大理在社交媒体上有着超高的热度，其他游客也被吸引过来，开着租来的豪车——比如闪闪发亮的粉色甲壳虫汽车、亮黄色的宝马汽车——环绕洱海驾驶，以群山为背景，在自己买不起的车旁自拍，然后发朋友圈炫耀。田园风光吸引了外地人，也改变了这个山谷的社会结构和经济状况。

我开着自己那辆破破的红色雪铁龙汽车在大理转悠，时不时路过一片农田，地里的作物非常奇特。镜面观景平台拔地而起，面朝洱海，三面都能映出洱海的景色。树上挂了仙女灯，吊着情侣秋千。土被堆成了矮矮的山丘，上面有五颜六色的圆门，看上去像霍比特人的家，但那些其实只是假门。田地之中，有只毛茸茸的羊驼被拴在柱子旁，茫然看着一群游客对它拍个不停。一开始，我还以为自己误入了《天线宝宝》的世界。但这其实是一种新兴模式：自拍农场。乡村风情很受欢迎，因此有些农民渐渐发现，与其在田里种农作物，不如把田野装修美化一番，然后收门票钱，这比种地赚钱得多——卖农田作物不如卖拍照场景。

拍照民宿和自拍农场的兴起源于中国社会的几股新潮流。第一是"复古"，这是一种乡村怀旧情结与对乡土美学的推崇，是中国版"田园美学"（cottagecore）。在上一代的文化中，农村的破败房舍还象征着可耻的贫穷，可现在，这种房子在小红书上风靡一时，"网红"会穿着粗麻衣服，戴着农村的草帽，在他们祖辈辛勤劳作过的田地里四处闲逛，甚至假装收割庄稼，以此作为素材，发到网上吸引粉丝。

第二是民族装扮。许多人在社交平台上发自己的汉服照片，这是中国古代的传统服饰，包括长袍、半身裙、布鞋、腰封、首饰和扇子，色彩多样。还有些人编起辫子，租来白族服装，腰系绣花围腰，戴上带须穗的帽子，拍些照片，就像亚利桑那州的白人游客扮成印第安人拍照那样。洱海边，农田里，到处都是想火的人在抖音上开直播，他们带着环形补光灯，被光环笼罩，看上去很像耶稣。成功走红的人就成了"网红"：拥有大量粉丝的网络红人。粉丝会效仿他们，来最"出片"的地方拍照。

社交平台上这股"归园田居"的潮流，是视频博主李子柒带火的。她于一九九〇年出生在四川，幼时父母离异，父亲早逝，农村的爷爷奶奶把她带大。十四岁时，她辍了学，到附近城市打工，做过服务员，当过歌手。拿着微薄的工资，看不到未来。后来，她又回到四川农村老家，种庄稼、剥玉米、制作传统手工艺品、烹饪乡村菜肴，她把这些过程都拍下来，精心剪辑，发到网上。视频里，她在舒缓的中国古典音乐的弹奏声中，制作荨麻汤，或者用葡萄皮给衣服染色。她抓住了中国城市居民向往简单生活的心理，成功走红全网。到二〇二〇年，她在抖音已有超过三千万的粉丝（第二年，她起诉了自己所在的网红孵化机构，诉其过度商业化自己的品牌，窃取利润）。

我在银桥村的一位新邻居，是位年轻女性，名叫一一，她告诉我，她是受了李子柒的影响才搬到大理的。

"她给了我启发，让我们觉得自己也可以过上她这种生活。"一一说着，推了推总是滑到鼻梁的圆框眼镜。她是家中独生女，所以家里给她起了个小名"一一"。但在大理，她自己取了个新绰号——钱多多。我感觉这个绰号很特别，就问她什么意思，她简单地解释说："因为我想赚很多钱。"

一一出生于中国东北的哈尔滨市，做了六年市场销售，天天上十个小时的班，一个月就拿两千元工资，她觉得这些普通职业实在太难赚钱了。于是，二十八岁生日那天，她辞去了工作，搬出狭小的公寓，把猫送给了朋友，决定像李子柒回到四川农村那样，去乡村发展事业。最终，她来到了四川旁边的云南，在大理定居下来，想像李子柒那样拍视频走红。

一一的宏伟计划是注册一个视频号，在大理拍视频，最好能像李子柒那么火，然后接广告、卖产品赚钱。一切都规划好了：她找好了拍摄地，请了当地的摄影师和专业制作团队。视频内容没什么特别的，就是爬爬山、种种蔬菜、装修房子，还有去农贸市场买东西。她需要一个与众不同的看点，而她的绝妙主意是找一个外国人，这样就能让她的频道在国内市场中脱颖而出，对那些在乘地铁通勤时观看视频的订阅者来说，这样就多了一些新奇感。她打算把视频号起名为"老外农夫"，又问我愿不愿意当这个外国人，鉴于我的中文水平，她觉得我最合适。

在银桥村和其北面的磻溪村之间，有块农田近一里长，面向西边山坡，黎明时浸在晨辉里，黄昏时沐浴在赭色之中。我和月亮最喜欢在这附近的小路上跑步，一侧是玫瑰园，另一侧是菜地。——带我参观她的视频拍摄地，我们爬上山坡，穿过一片小茶园，来到一个废弃的木屋，在此可以观赏洱海的风景。木屋十分简陋，屋顶已经朽烂了。这里曾是农民的仓库，里面还遗留着一些农具，屋后放了一排排空蜂箱。这里似乎也是野狗常来的"厕所"。

"这将是你的家。"——跟我说。

她根本没想过真让"老外农夫"住在这里。这个账号拍的视频中有百分之九十都将是虚构的，我要做的就是假装在田园般的破旧环境中好好生活。我得大早上起床，穿好衣服，费力爬上小路，到这里来，再换回睡衣。太阳从湖面缓缓升起，露珠莹莹，他们会开始拍我起床，开启新的一天。他们还要拍我翻修房子的过程，但我只需要做做样子，实际的修缮工作会由他们来完成。不过，他们也只是把房子外面装修成充满诗情画意的田园风格，视频里的室内场景都会在另一个地方拍，因为那儿有一张真的床。

——说还要拍别的视频，我需要做各种不用真正去做的事情。比如说，他们要拍摄我在山里摘核桃，但其实他们会把核桃先买好，到时候装满我的篮子。我得戴草帽在田里假装撒种子、收庄稼，而实际场景是借用其他村民的田地来拍的。我需要假装环湖骑行，其实他们会开车带我到各个有景可拍的地点，拍几个我骑车经过的镜头就行了。说着说着，她的计划越来越疯狂。她想为一群兔子打造一个窝，让它们成为我的宠物；为我建个树屋，让我在里面看哲学书；想把路边一辆锈迹斑斑的破公交车改造成咖啡鸡尾酒吧，让我在里面招待朋友——一切都是为了宝贵的点击量。

她说："是不是真的不重要，只要好看就行。"

营利模式是这样的：每个视频下方都会附上相关产品的购买链接。譬如，采摘核桃的视频下方会附上当地的新鲜核桃的购买链接；收割庄稼的视频则附上竹笠与橡胶农鞋的购买链接；骑行视频下则展示昂贵的公路自行车。若用户通过这些链接购买商品，她的账号便能获得相应佣金。她仔细算了一番，每达到一万次浏览量，账号就能赚到一百元。除此之外还有广告收入。她还兴奋地向我展示李子柒每条视频动辄数千万次的浏览量，眉飞色舞地让我算算看。

我有难以克服的镜头恐惧症,就婉拒了"老外农夫"一角,给她介绍了另一位在大理的外国人,我觉得他可能更有做视频博主的天赋(但后来他因为吸大麻被驱逐出境了)。不过最后,一一放弃了拍视频这个想法,转而计划在这里针对有钱家庭创办一所高端新式学校。

大理的乡村田园生活一边赚着外来者的钱,一边被他们利用来赚钱。淳朴的生活已经被商品化,连价格都定好了。现在,除了真正生活在这里的农民,还有那些专门过来拍照拍视频的人来此定居。他们来体验田园风情,但他们的存在也在改变乡村面貌。我也是其中一员,我在这儿租了房子,抬高了房价。我们把积蓄和城市思维带到了这个山谷,给城里买不到的无形之物明码标价。我们追求正宗、真实的田园生活,却又陷入了矩阵世界——在网上展示自己虚假的幸福生活。

也许这让我感到困扰,是因为我之前也被这种幸福假象迷惑过。还在北京那会儿,我看到炸炸在朋友圈晒的大理的照片,就陷入了逃离城市、迁往乡村的幻想,想象自己也能过上这种生活。但是,当幻想与现实相碰撞时,那层假象便彻底破碎了。和其他来此的城市移居者一样,我搬来这里定居,但目前为止,我所经历的改变仅仅停留在表面,真正的重生并不像翻耕一下土地那么简单。

一些新大理人把关注点转向了内心,以寻找答案。在中国,精神和信仰都很稀缺。在这样一个无神论的主流社会,进步和商业这两尊"大神"占了主导地位。大家活在城市里，生活富裕了，物质需求得到了满足，内心却少了点什么。于是，他们来到大理，寻找一个安静之地，以寻求心灵的满足。

在这个山谷里，有不少灵性导师。跟我住在同一个村子的一个头发稀疏的中年男性自称苏非派教士，他是中国深圳人，原名郑伟，现在叫阿卜杜勒。十年前，他辞去工作，周游世界"寻找真理"。在塞浦路斯，他遇到了自己的灵性导师谢赫·纳齐姆·哈卡尼，他现在这个阿拉伯名也是导师取的。现在，他传授苏非派冥想方法，强调冥想过程中需全神贯注地深呼吸，在心中想"安拉"一词，同时念诵阿拉伯语经文。一节课结束后，这些弟子在他家院子的蹦床上蹦来跳去。阿卜杜勒说，这并非传统做法，但的确能让他们放松身心，扩展呼吸。

银桥村北边隔着两个村庄的地方住了一户由几位年轻中国女性组成的印度教家庭，她们都是印度教教徒，由催眠治疗师小静带领。她们在厨房的白板上写下修行活动的日程：每天早上冥想一小时以打开脉轮；日常举行法会，诵经念咒；一起绘制曼陀罗图案；为小小的克里希那神像缝制衣服；研读《薄伽梵歌》；制定轮流负责做素食餐的轮班表。在楼上，小静给我展示了她们供奉的一位有着三千年历史的印度教古鲁巴巴吉的神龛。她满怀虔诚，真挚地说，巴巴吉依然活着，在看着她们。

在大理，我还遇到了信奉道教、伊斯兰教、琐罗亚斯德教的人，他们都是从城里来此的中国人，想找一片适合让自己专心信教之地。法拉兹是伊朗人，几十年前移居中国，每周三，在大理古城，一群巴哈伊教徒都在他家里聚会，围在一起讨论和祈祷。在嬉皮士聚集地，有很多人自称异教徒或泛灵论者，还有萨满巫师（这似乎意味着他们要戴头饰，手敲羊皮鼓）。有一小群人信奉中国的茶神，用小茶杯小口快速呷茶，这是他们的冥想仪式。正如小静所说："所走之道各不相同，但追求之物是一样的。当你感受到神的时候，你就会明白。"

我一生都崇尚理性，对宗教不屑一顾。在了解这些信仰团体时，我得努力抑制自己的怀疑态度。受自身成长经历和思想习惯的影响，我这种本能怀疑根深蒂固。但这种众人皆醉我独醒的态度，或者说，理性上对信仰的否定态度，只会让我痛苦。而我与印度教教徒、基督徒、敲鼓的萨满巫师、在蹦床的苏非教教徒待在一块时，我发现他们一直都很快乐。无论身在何处，他们的信仰都能给灵魂带来所需的安宁。这是一种更深刻的改变，一种直指根源的变化。

迄今为止，与中国其他地方一样，在大理追求信仰的人之中，信仰佛教的最多。在佛教中，虽然宇宙观错综复杂，但没有"上帝"的概念。无论是被当作个人哲学还是有组织的宗教，佛教的信仰习俗、条规准则都是给灵魂提供安宁的。大理有几家佛教餐厅，免费提供素斋，但客人必须安静用餐，而且不得浪费一粒米饭，出口处有人要检查碗中是否有浪费。各种佛教禅修中心都开设为期一周的静修活动。中国自古以来便讲求包容融合，各信仰体系并不相互排斥，比如道木匠，也会听佛讲经。

就连在城市的年轻一代中，也流行信佛。过去十年间，"佛系青年"的浪潮兴起——千禧一代中有些人以一种轻松的方式信奉佛教，戴着念珠手串，有些人手腕上还文着"唵"字。他们中比较虔诚的人来到乡里隐居，寻求超越物质层面的意义。这是"躺平"这一大趋势的体现，与流行词"佛系"有些相似。一般认为，"佛系"就是"悠闲自在""一切随缘"，这与"大理福尼亚"十分契合。

音乐人云龙就是我遇到的一位佛系青年的代表。他在山上果园的一间农舍里过着隐居生活。他剃了光头，刮了眉毛，在眉骨的位置刺了梵文经文。他穿着飘逸的长袍，脚踩一双布鞋，背着装笛子的袋子，像四海为家的吟游诗人。他的后脑文着一条龙，胸前文了"卍"标志，直角开向左边，指的是佛教——而且他坚称自己从未听说过希特勒。但我还是建议，如果他去欧洲的话，一定要把这个字遮起来。

大理有些新移居者几个人共住一个院子。我偶然发现，有些院子是专门为修行而建的，佛教的传统一直以来都非常讲究修行。大多人的修行都是在家中静坐冥想，或和别人一起探讨学习。这些院子跟 OM 山洞差不多，院名都很有灵性，如"冥想森林""灵魂花园"等。就这样，初夏某一天黄昏，我叩响了一扇门，这扇门背后的地方或许是我们所有人的终极追求之地：寻静院。

有个村子依山傍水，寻静院就坐落在村里的农田旁，由三位在网络宗教论坛上相识的佛教姊妹一起开办。一年前，寻静院落成，面向所有有意向全天修行（并且能分摊房租）的成员开放。现在寻静院有十几名成员，男女分住。凌晨四点，他们就起床晨练，然后在书房探讨学习。寻静院有间里屋，里面全是电脑及摄像头，下午，他们就在这间房中工作，制作佛教短视频在微信公众号上发布（播放量最高的视频的标题是"以佛法面对死亡"）。晚上，他们开设公开课。出于好奇，想了解更多，我也来听了一堂。

上课地点在书房，坐垫正对着投影幕布，而我是唯一的学生。给我上课的姊妹之前发誓要噤声，所以这节课没有任何开场白。课上放了两段视频。第一段是从草芥至宇宙的逐层扩展动画：草，田野，中国，亚洲，地球，月球，继而土星，木星，太阳及毕宿五，参宿七，参宿四，直至银河系，仙女座星系，乃至宇宙及其边界之外。虽未直接阐述这与佛教的联系，但我明白了大意。

第二个视频是漫威电影《奇异博士》的片段，就两分钟，古一将奇异博士的灵魂推出身体，让他在玄幻的特效中穿梭在其他存在的空间，然后告诉他"忘掉你自以为知道的一切"。这堂课就这样结束了，其目的大概是用漫威宇宙的智慧让我大彻大悟。课上没有问答环节。

之后，我跟寻静院的另一位创办者聊了聊。我们当时一起在天台上吃无花果。她二十多岁，身材矮小，戴着眼镜，说话声音令人感到平静。在大理，她给自己取了法号"空玄"，意为"空而玄妙"。之前，她在上海一家石油公司工作多年，后来去了趟西藏，就决定放下一切，追求精神世界。她上大学时信基督教，现在仍觉得基督教与佛教有联系（她说"耶稣是一位大菩萨"）。她的信仰本质简单，从心理学角度看也令人钦佩，这正是我在内心挣扎时需要上的一课。

"自我修行，"她告诉我，"就是要拂去心中杂念，舍弃个人感知，从而显露真实本性。"

空玄觉得，现代社会阻碍了这个简单道理的传达。"几乎三千多年前，人类就已经找到幸福的真谛，"她说，"但我们忘却了这份答案。在这个现代社会……大家无聊乏味。衣食供应不缺，各种科技神通广大，但人们找不到生活的意义……比如我听说，你们英国经常下雨，所以很多人都患有抑郁症。"

我觉得我应该反驳一下，却无言以对。

"躁动困扰其实都源于自己的内心，"她接着说，"盲目从外在的事物中追寻幸福，每天忙个不停，内心却是一片迷茫空虚。我们想得到幸福，可幸福的感觉仅仅持续几秒，随即消散无踪。其实，我们根本就不应该追求幸福。"

"那应该追求什么？"我问，心中已隐约知道她要说什么。

"平静。"

她用的这个词"平静"，或许仅指"镇静"或"平和"，但也意味着一种平衡。听了她的一番话，我意识到自己之前为寻求内心平静所做的努力过于肤浅。我虽搬来了大理，但内心还是困于自我之中。我追求的是幸福,而非平静。我一直在寻找外在的东西来治愈自己,寻找我明知不存在的香格里拉。我所需要的,我们所有人都在追求的,其实更接近于平静——无论何时何境,都不受干扰。

"他们改变了环境,"空玄提到了新大理人,那些"追求宁静的人","但心态没变。他们需要控制自己的情绪,而不是被情绪所左右。所有情绪都只不过是暂时的。"

一些来大理的新移居者并不是为了寻求智慧,他们的理由更简单:来此狂欢。

这里有许多野外狂欢派对活动。很多时候,不知道从哪里就突然冒出一群人,在森林的空地里或湖边休耕的农田里举办派对,白天,他们搭好台子,调试好音响和灯光。黄昏时分,人群从四面八方赶来,像点彩画中的色彩一样散布在田野上。夜幕降临,贝斯吵得地都掀起来了,跳舞的人们跟着节奏使劲踩脚。三更半夜,警方接到投诉,赶到现场,要求组织者调低音量,但警察走后,他们又会把音量调高。到了凌晨,派对到达高潮,月光之下,狂欢者沐浴在极乐之中。天蒙蒙亮,许多人都走了,只剩下一些神魂颠倒的狂热分子。到了中午,他们收好设施装备,捡走烟头酒瓶,各自散去。场地恢复如常,就好像什么都没发生过。

初夏时节,大理有两个较长的文化节。一是大理心流艺术节,这是一个为期一周的心流艺术狂欢节,由一对法籍华人夫妇主办，活动多样，有行为艺术、杂技表演、耍龙杖等。一是大理狂欢节，这是为期三天的锐舞派对，在山里举行，参与者可以远离大众，尽情狂欢。大理已成了中国迷幻锐舞的发源地，这些人从城市逃离，转而在山间扎营。狂欢节每年举办的地点都不一样，但都在森林深处。帐篷之间早已挂好闪烁的夜灯，令人着迷的贝斯声砰砰直响，一群人迎着癫狂的闪烁灯光摇来扭去。

大理本土的、相对温和的户外派对形式当数白族的各种节日庆典。随着夏天的到来，白族节日越来越多。在探索峡谷之旅中，我碰到什么庆祝活动也会顺便参加。春天寒冷的夜晚被温暖的傍晚所取代，我内心悄然生变。以前我能不出门就不出门，但现在我在外的时间越来越多。虽然偶尔仍感悲伤，但我也在孤独中感受到了一种自由，现在尝到这自由的滋味，我才意识到自己原来一直缺少它。

中国农历每月中旬，会有一天满月。而农历四月的月圆之日，四月十五，是白族的蝴蝶会。这一天会有充满白族歌舞表演的盛会，于蝴蝶泉举行。这是位于山谷北部的一个公园，二十世纪五十年代，中国爱情电影《五朵金花》以大理为背景，两位主角在蝴蝶泉边相会，蝴蝶泉自此闻名。蝴蝶会与中国民间故事《梁祝》（梁山伯与祝英台的爱情超越了生死）也有很大关联。因此，这个节日据说是单身青年寻觅伴侣的好时机。但实际上，来的大多是想为子女牵线的父母。

蝴蝶会之后再过一周左右，就到了为期三天的绕三灵。人们赶集，逛庙会，情歌悠扬，引人驻足。虽然受新冠疫情的影响，小庆洞村广场那棵粗壮的绿树下人流有所减少，不过山谷上下各个村子的村民还是聚了过来。叔叔们三五成群，结伴拉二胡、弹龙头琴，阿姨们顶着一头烫过的头发，唱着民间小调。

一首小调的歌词是："山里唱起了花儿歌，湖上情歌传四方。"官方歌曲集里的另一首小调里面有"文明大家感谢党""改革开放人人富"这样的歌词。我开始怀疑这些情歌并不是从古代传下来的。

无论是对情人的告白还是对共产党的颂扬，在所有这些爱的表达中，都缺少了一个关键元素：年轻人。大理的大多数节日都是这样：老年人传承传统，而处于工作年龄的成年人要么搬到了城市，要么因为现代社会提供了更多机会而对这些毫无兴趣。我问邻居小刘对白族节日是什么看法。

他漠不关心："我不关注这些东西，那是老人的事，是他们那一代人的事。"

最常见的就是各种庙会，每个村庄都会举办。这些宗教庆典的出现就像野外狂欢派对一样突然，只是少了打碟台和灯光秀，只有宰杀鸡时发出的声音和悦耳的诵经声。如果有哪座寺庙上方飘起了缕缕青烟，那大概就是在办庙会。香火氤氲，炊烟袅袅。

大理有各种地方宗教。该地区信奉阿吒力教的一个分支。

阿吒力教是佛教金刚乘的一个子流派，融合了印度密宗和当地民俗，其历史可以追溯到南诏国王皈依佛教的时期。大多数寺庙都将不同的宗教传统融合在一起。八母寺坐落在喜洲镇附近的洱海边，寺里各个角落供奉着多种雕像：当地神灵、道教圣贤、地狱魔鬼、佛祖、观音、孔子、齐天大圣等等。既然这些神明都有可能是真的，不如都拜一拜。祈求好成绩，就拜脚踩鳌头的魁星；想要子嗣，就拜子孙娘娘；期盼事业有成，就拜财神送好运；要解决麻烦，就去拜大黑天，这是一位藏传佛教中的地狱之神，他青黑的脸庞、圆睁的怒目以及项上的骷髅念珠可保其信徒不遭灾厄。

不过，大理白族独有的宗教信仰是"本主"崇拜，各地各村都有自己的本主，崇拜对象亦神亦人，多是历史或传说中被神化的人物。有个村子供奉的是白族勇士段赤诚，据说他全副武装，跳进一条四处劫掠的巨蛇口中，从蛇腹杀出一条血路。另一个村子的本主是一位拯救村民免于旱灾的祖先，大家认为他至今仍在保护村子。有些本主是外地人，山谷南边的将军洞中供奉的就是八世纪唐军远征大理时殉国的唐将李宓，他后来被当地人推举为本主。离我最近的一个镇子供奉的本主竟是元朝的开国皇帝——蒙古人忽必烈（神像明显带有汉族特征）。

银桥村的主庙里，当地本主的木制雕像端坐庙中，位于大黑天和财神之间，他的妻儿也在旁边。这位本主是一千多年前南诏军队的一名将军。传说，他与一位南诏公主相爱，但国王不同意这门婚事，后来，将军从巨蛇口中救下公主，才得以娶她为妻。每逢农历每月初一和一年一度的盛会，村中长老都会摆上供品，念诵经文，向这位将军表达敬意。他们摆上猪肉、鸡肉、鸡蛋、水果、油炸虾片，燃香诵经，祈求他继续守护银桥村。

有些村子的本主之间有些关系，还有几个村供奉同一个本主的情况。这些村子相互结了对，每年还会举行接本主活动，仪仗队伍把神像从一个村子的本主庙抬到另一个村子，神像会在那里停留几周，赐予祝福后再被送回。

我参加了一次接本主的游行，村民将本村的本主（该地几百年前的一位首领）送到湖畔的另一座庙里。庆祝活动从在庙宇庭院里的一场舞蹈开始，三个当地人身着精美服装，分别扮作《西游记》里的孙悟空、猪八戒和沙僧。唢呐吹响，大家把神像抬上小轿，然后，在由乐手、信徒和游客组成的蜿蜒队伍中，我们一路走到了结对的村庄。那个村子的本主被安置在了另一座寺庙，隔着玻璃。因为在外面晒了一天太阳，神像的颜色看起来更加鲜艳了。

这些当地节日也成了游客拍照的素材。这也是吸引他们来到这里的"风情"之一，也深深吸引了我。绕三灵等节日庆典期间，常有一圈游客围着拍照，更有无人机在空中航拍。这种对白族文化异域风情的过度渲染让我有些不适。我不禁想起在昆明参观过的民族村，那里，各民族区域的人穿着传统服饰，表演民族舞蹈，就像在动物园里一样。但这些戴着头饰、身穿靛蓝马甲的歌者、乐手们似乎很享受这种关注。

一位弹龙头琴的乐手告诉我:"这能延续我们的传统文化。本地年轻人对我们这些东西不感兴趣,外来游客却很喜欢。"

有些来大理定居的外地人,尤其是新信徒,对当地的本主崇拜不以为然,觉得这是纯粹的偶像崇拜。寻静院的空玄对大理的阿吒力教及本主嗤之以鼻。她说:"他们并非真的追随佛祖,只是在拜一座雕像,祈求它满足他们的愿望。这些人今天拜佛,明天又求别的神。"

我很羡慕这种虔诚。我的生活中还缺乏这种对伟大力量的信仰,以及由此带来的平静。村里的本主崇拜,还有新大理人所追随的巴哈伊教、苏非派、萨满教,以及那些非正统的、融合的信仰,对我来说都很陌生。我只崇拜知识、进步、获得、拥有。但这不也是一种神明崇拜吗?想到可能还有另一种信仰方式,我便感到些许慰藉。

你所认为的无知迷信,却是他人的虔诚信仰。我们都有自己所信奉的"神明"。

在大理,人们常提起一个圣地,但我还没去过。于是,五月的一个清晨,我驱车绕过洱海,来到东岸,在蜿蜒的乡间小路上往内开了一个小时。终于来到了大理另一座名山(虽然海拔较低)脚下。

这里是鸡足山,与西边的苍山遥相对望,因其陡峭的山峰形状得名:三座山峰向前突出,一座向后,形似鸡爪。步行登山要爬五个小时才能登顶，沿着铺好的山路往上爬，时不时还有胆大包天的猴子过来准备抢食。主峰海拔高达三千二百四十八米。山顶上，金顶寺坐落崖边，从那里，我刚好能看到夕阳西下时洱海波光粼粼的水面。我在寺里的客栈住了一晚，翌日清晨，我看到太阳在晨雾之中缓缓升起。

鸡足山是佛教圣山，作为僧人的静修之地而闻名全国。传说，佛祖的大弟子迦叶曾从印度来此，在山上高处的洞穴中冥想。如今，山上寺院和庵堂遍地，吸引无数佛教朝圣者避开俗世熙攘，来此静修。上山途中，我还经过了很多别的寺庙，每座寺庙都有富有诗意的寺名：虚云禅寺、碧云寺、报恩寺、寂光寺。

放光寺坐落在距山顶五百米处，在此可正面仰观悬崖上方最高处的寺庙，但该寺庙却不在主道上，要从主道拐弯走土路小径才能到。道木匠之前给我介绍了他在大理的老朋友，现在是这里的僧人。寻静院那三位姊妹也在下面的尼姑庵住过一段时间。于是，在那个晨光熠熠的早上，我来到了这里，希望能在此获得他们得到的领悟。

到了之后，我感觉这里看起来不像寺庙，倒像建筑工地。穿过一排活动板房，我看见防水布盖着木材砖瓦，旁边是泥迹斑斑的小卡车，地上零零散散放着建筑工具。原来，放光寺正在建新的宝殿，木构架已经搭好了，殿内放了三尊巨大的金色佛像，几乎有三层楼那么高。殿外，一位身披深红袈裟的僧人正在开着推土机清理瓦砾，与施工队一起干活。施工队是为了赚钱，他则是为了攒功德。这座大殿的建设资金是一些暴发户捐的，他们觉得给寺庙捐钱能积攒功德，净化业障。

寺庙另一侧是生活区，设有会客厅、厨房和老旧僧房，高高的回廊把几处连在一起。二十多个和尚常年住在此处，有些居士偶尔来住一段日子。生活区的下面有个放生池，阿罗汉雕塑环绕四周，我原以为放生池只是装饰用的，后来才发现其别有大用，如果山上发生火灾，直升机可以用桶从这个水池里取水。水池上方，有一扇不知通向何处的大门。大殿那边的题词上提到这扇门是"深省之门"。

放光寺初建于明朝，在"文化大革命"中被狂热的红卫兵洗劫一空并损毁。二十世纪九十年代，慈法法师偶然发现了这座已成废墟的寺庙，在此禅修，他住在一个山洞里，洞里的硬床、书架和孤灯如今仍在那里，旁边是为纪念他而修建的神龛，熠熠生辉。慈法法师是来此修复寺庙的第一人，他将信徒和捐助者聚集起来。他目前常住斐济，准备在那里建一个新的佛教中心。

如诚法师在会客厅接待了我，他就是道木匠的老朋友，也是放光寺的高僧。他五十出头，身着黄褐长袍，脚踩布鞋，带着玩世不恭的笑容迎接我，我不禁怀疑这并不是我要找的人。他眼睛很小，里面透着一种发自内心的笑意，眼窝深陷，脸上爬满了皱纹。我们一起喝茶，他操着浓重的北京口音跟我讲起他的故事。

如诚法师在北京市里长大，离我之前在北京住的地方不远。年轻时，他放荡不羁。二十世纪九十年代，中国蓬勃发展，如诚整日肆意寻欢，饮酒作乐。那时，他开了家酒吧，与画家、摇滚音乐人这些艺术家交往密切。二〇〇五年，他搬来了大理，那时大理还是游客路经的一个嬉皮士小镇。他在古城开了家名叫"九月"的现场音乐酒吧，这家酒吧至今夜夜开派对，喧闹不停。

"我满足自己的欲望，喝酒，跟人做爱，创作音乐，无非是想找到幸福。"他说。

他夜夜醉酒，每个周末都熬通宵。他与一个比自己年轻的女人结婚，让她帮他打理酒吧。年过三十，仍是少年——这就是他想要的。

物极必反，瓦解崩盘是必然。他喝了太多的酒，熬了太多的夜，就这么到了四十岁。他开始萎靡不振，心灰意懒。用他的话来说，他渐渐明白，自己无法逃避痛苦。他的一生都在追求兴奋刺激，在漫无目的、无边无际的沙漠之中建了片悠闲的绿洲。但他永远觉得不够，这就是问题所在。

"如果你有钱，你还会想要更多的钱，"他说，"如果你有权，你就会想要更大的权。如果你有女人，你就想得到更多的女人。无论你有什么，你都想要多一点，再多一点。"他记得有一天早上躺在床上，忽然明白，在这一切的背后，自己的内心是空虚的。

他原本只是偶尔礼佛，二〇一二年，他在鸡足山游玩时遇到了慈法法师。不过是擦身而过，却让他铭记一生。大师眼神清澈，不掺一丝杂念，眼神之中蕴藏着如诚追求的真正自由。

"我一直以为，自由就是可以随时随地做自己想做的事。但曾经的我不过是个奴隶。"他顿了顿，"真正的自由是无需任何满足。"

他的变化极快，甚至已经不受他自己控制，就像坠入爱河一般。自那次碰到慈法法师，不到一年，他就出家了。他抛下酒吧，放下身外之物，断了所有尘世的关系，取了法号。自此以后，他一直待在寺院里，一晃已是七年。

出家意味着他必须与妻子分开。我问他妻子现在在哪儿，他指了指山下的方向。我以为他是想说她生活在俗世，但后来发现，她就在山坡下方几百米处，就在我们正下方的尼姑庵里。

后来，我去寂照庵拜访他的前妻，她也给我讲了自己的故事。我问她，如诚决定放弃婚姻事业，去山里出家时，她是什么反应。

她模仿当年的语气喊道："啊啊啊！！！你怎么能这么对我？！你妈的蛋！！！"

但一天天过去，她渐渐接受了这个事实。过了一周，一个月，一年，然后是两年。一个念头在她脑海中挥之不去：前夫出家到底是为了得到什么？他们以前的生活难道缺什么吗？她一直敬重佛教，读过一些相关的书籍，也会进行冥想。前夫出家两年半后，她也出家了。在如诚的建议下，她住进了山坡下的尼姑庵，偶尔他们也能在山路上碰到。但用她的话来说,他们现在是"佛门兄妹",有时会发发消息,谈论佛法,但绝不会当面单独相处。她的法号"如心"与如诚的法号正是一对。如诚如心,即为诚心。

如诚和如心的作息都很规律,日日如此。凌晨四点半,如诚伴着晨钟起床。洗漱之后,在房中打坐。五点半,去上早课,诵经一小时,跪拜半小时。然后吃早餐,通常是小米粥配土豆或馒头。之后,他帮忙打扫卫生,扫地擦洗,组织寺中事务。午餐是简单的素食:米饭、汤、豆腐和蔬菜。下午,他接待客人,一起喝茶,或者忙着处理寺院的行政事务。寺里没有晚餐,禁止喝酒吃肉,没什么娱乐活动,只能散散步。晚课从晚上六点半上到八点半。晚上九点,准时熄灯,上床睡觉。次日重复这样的生活,日复一日。

"有时我真不敢相信,这竟然是我的生活。"如诚又泡了一壶茶,边喝边感叹道,"如果二十岁的我知道五十岁的我会出家当和尚,过这样的日子,肯定会觉得还不如死了算了。一天只吃两顿,不能喝酒,不能抽烟,没有性生活。我现在每天都是这么过的,天天如此。"他以一句让我大跌眼镜的话收尾:"而且现在我每分每秒都他妈快乐得要死。"

喝到第三壶茶,他话锋一转,问我为什么搬来大理。通常情况下,我更习惯问别人问题,但他那淡然自若的态度,含笑的眼神,让我觉得他是真心关心我的情况。我跟如诚坦露了来大理的初衷,说在我曾经对生活的憧憬破灭之后,我在试图找到某种平静。我想要改变,但不知道自己要怎么做。

很多访客都带着类似的困惑来寺庙做客，如诚早已习以为常。他谈了些佛教之道，但并不一定要让我信佛。

"首先，"如诚说，"你要开始改变自己的态度。"

他用了句之前偶然看到的话，觉得可能会对我有帮助。

"你们国家的莎士比亚说过这样一句话。"他说，"心……可以把地狱变成天国，亦可将天国变成地狱。"

我实在不忍心告诉他，这句话其实是弥尔顿说的。

他解释说："身在何处，拥有什么并不重要。如果你改变态度，那无论在何地，都能活得非常非常快乐。"

这就是无需任何外物的自由，这就是空玄所说的平静：面对无常情绪，内心始终平静。如诚说，他已拥有了自己所需的一切，其余皆已放下。他告诉我，只要内心肯改变，一切皆有可能。他还说，如果僧人的修行足够深厚，他们甚至能够学会飞行。

"这是比喻吗？"我问。

"不，不是比喻。是真的可以飞起来，就像迦叶飞来鸡足山一样。"

"感觉挺难的。"我说。

"其实很容易，"他笑着说，"比做其他事还要容易。"

"那什么事比会飞更难？"

"改变你的心。"

立夏过了约两周，我们迎来了二十四节气中的第八个节气——小满，这些节气构成了农耕生产的时序体系。下一个节气叫"芒种"，与大理很相称。银桥村附近的农田里，农作物正在茁壮成长：甜玉米、紫萝卜、红薯、香椿。我在大理的时间越来越长，看到地里的农作物越长越高，心里有种满足感。

今年鼠年是闰年。为了让农历与回归年保持协调，农历四月之后又多出一个闰四月。我感觉时间几乎停滞了，在季风来临之前，我们又多了一个月的光阴。

夏日的阳光炙烤大地，大理的新移居者正欣然接受着"躺平"的生活方式。不过，也有工作要做。道木匠现在在建小木屋，忙得不行。他已经装好了支撑梁、木板地、顶梁柱，天天汗如雨下，晚上会踢踢毽子或者读上几句《庄子》。果壳在山间客栈后面的果园里摘桃子，还跟其他家长一起为孩子们组织了新的家庭学校，轮流在各家院子里上课。OM山洞的嬉皮士们正在重建桑拿房，科学之家的实验员们则开了一家酵母面包店。

每隔那么几周，就会有一些由新大理人自发组织的，也面向新大理人的户外集市。我会在集市上遇到这些新大理人，这些"波希米亚资产阶级"风格的集市，与当地农贸市场相竞争。这些集市往往开在湖畔或山间的草地上，一般都是在某位新移居者的生态农场里举行，摊位上出售的都是这些人在自家屋里制作的东西。有腌菜、腌肉、味道浓烈的康普茶、自家泡的酒、窑烤面包、简陋的麻布衣服、自制陶器、手工首饰、疗愈水晶、精心彩绘的扇子、银色的小机器人摆件等。

LIGO笑眯眯地推销他自制的木勺和开瓶器。另一位城市移居者在卖自家做的豆腐，牌子叫"功夫豆腐"。甚至还有人做了各种欧式奶酪：流心布里奶酪、蓝纹奶酪、刺鼻的塔米埃修道院奶酪。他的摊位旁围满了客人——由于进口的原版奶酪因霉菌超标而被禁止进入中国，这些奶酪垄断了市场。

各种城市移居者都会聚集在这些山野集市里：嬉皮士、雅皮士、孩子父母、退休人员、狂欢者、修行之人……在大理过着各种各样的生活的人都来了。集市上还有家快闪咖啡店，出售在面包车里制作的手工咖啡。我遇到过一位留着长发、四海为家的咖啡师，他就住在自己的面包车里，准备开去西藏，沿途开这种快闪咖啡店，卖同样的滴滤咖啡。还有人非常有创业头脑，在草地上铺上毯子，摆上酒瓶，把马提尼酒杯、高脚杯、鸡尾酒杯摆在前面，这是专门为白天喝酒的人设计的简易鸡尾酒吧。

五月下旬，正是农历闰四月初，我在一个山野集市上遇到了三文笔村的老熟人雅玲。她仍在上瑜伽课"折磨"学生，还学起了冬不拉。我还碰到了炸炸，就是我在北京认识的摄影师朋友，我就是看了他的朋友圈才想来大理的。他刚从北京度周末兼出差回来，赚了些钱，够在这里用几个月。每次见到他们，我都会问他们有没有什么新鲜事，想听听他们的生活有什么进展。但我很快就发现，在大理，大家天天不过做做家务，打理花园，随便玩玩，没什么大事发生。而这正是在这里生活的真谛。

集市上有一个塔罗牌占卜摊位,这也是大理的一大特色。摊主叫云,是一位三十出头的中国女性,她穿着破旧的粗麻衣服,外面系着皮质束身衣,上面缝满了各色补丁。我压下心中的怀疑,花钱做了一次占卜,抽到了圣杯骑士,这张牌象征着改变和内心的讯息。我还抽了《易经》的签,因为她很想把中西方占卜结合起来。我抽到了第五十二卦:艮,即静止之意,卦象是两座山重叠。"艮其背,不获其身;行其庭,不见其人。"冥想、隐居——这正是大理之梦。

云告诉我,她是在加利福尼亚学的塔罗牌占卜,在那里,她在尤里卡附近的一个农场打工。她也曾遍游印度,但她以后再也不想离开中国了。

"中国是世界上最好的国家,"她那用睫毛膏修饰过的眼睛盯着我看,眼神流露出强烈的民族主义情绪,我从没想到会在一个大理嬉皮士身上看到这种情绪,"我们是唯一战胜新冠疫情的国家。"她说了许多中国共产党执政的优点,最重要的是中国犯罪率很低。而且,作为女性,她觉得与印度或美国相比,走在中国的街上会安全得多。"这才是真正的自由,"她最后说,"有安全感。"

她说,她在大理的客人大多是刚搬来的中产阶级中年女性。我觉得,无论是嬉皮士、雅皮士还是来此的移居者或游客,都会喜欢她的塔罗牌占卜。她需要这些客人来花钱占卜,让她赚钱,实现自由生活;而这些客人也希望她这种自由精神能感染自己。

"她们来这里是为了寻找某种不同。"她拉长了语调,"她们想要自由的感觉,自由——"她用手比画着,指向天空来强调这个词,"所以抽到什么牌并不重要,我知道怎么解说牌面能让她们感觉到自己生活中的自由。"

集市过去几天后,我们又迎来了当地的栽秧会。这是一个白族的传统仪式,人们会把秧苗移植到稻田里,等待秋天的丰收。我骑着自行车去洱海边参加插秧仪式,一片水田里,一排阿姨正在辛辛苦苦地插秧,她们身着刺绣礼服上衣,戴着刺绣帽子,穿着防水靴、防水裤,弯腰插秧,缓缓移动,她们排列成行,色彩鲜艳。开始插秧前,她们还跳了祈求丰收的舞蹈。稻田间泥泞的田埂上,一排摄影师架着三脚架,记录插秧场面。另一群人坐在三个大箱子旁边。

阿姨们插好秧后,他们打开了箱子,三个年轻人拿出控制器,跟玩游戏似的,将无人机嗡嗡升到空中,调整队形,让它们整齐划一地向前飞,洒下有机农药与化肥,宛如下起一场细雨。无人机是深圳的无人机公司大疆提供的,该公司与当地政府签了合同,试点新农业技术,推动大理的现代化进程。无人机嗡嗡作响,相机咔嚓咔嚓闪个不停——这是一次大型宣传活动,旨在推广科技农业。阿姨们蹲在稻田边,共用一个保温杯,一起喝茶,饶有兴趣地看着这一切。

我已经习惯了大理的这些反差。这里不仅是城乡交汇之处,更是社会实验的试点地和个人重塑的试验场。我们都是被移植至此的秧苗,被移植到田园生活中,也被移植到现代社会里。所有人都在努力寻找属于自己的"小满",无论自己种的是什么"庄稼"。

美丽最喜欢自然的颜色:甜菜根的红色,菠菜的绿色,柠檬的黄色,报春花的蓝色,还有各种田野的颜色,花儿的颜色。

而北京常常是灰色的。

十年前,美丽辞去了城里时装设计师的工作,搬到了大理。她在古城和洱海之间租了一大片农田,种了五颜六色的有机作物:草莓、藜麦、山药、野生报春花,坚决不用化肥和农药。她特意留了块地没种东西,专门用来举办山野集市和其他活动,还搭了个木制舞台,用以开派对和野外狂欢。她建了宾馆和厨房,招待朋友客人,做饭用的都是自家种的食材。美丽为自己的"伊甸园"取了个名字:彩虹农场。

美丽的皮肤被晒成了棕褐色,她黑发如瀑,脸上洋溢着夏日般明媚的笑容。一条小溪淌过她的花园,在溪边帐篷的阴凉下,我们边喝茶边嗑瓜子,她给我讲了自己的经历。宠物鸡"笑笑"笨拙地站在她的肩膀上。

"邻居都觉得我是疯子,"她说,"因为我种了蔬菜却不卖。但如果种这些东西是为了卖钱的话,那我就只是个普通农民了。我挣不了多少钱,还要一直干活,跟在北京没什么两样。但如果我种菜是为了给自己吃,是为了给别人做饭,那我不用花很多钱就能过上自己想要的生活。谁不想这样呢?"

这种大理新移居者开的有机农场在大理遍地开花。有些是"从农场到餐桌"模式的企业，把田园风光与城市口味相结合。柴米农场、寻光农场、红豆农场、彩虹农场、天堂农场、云朵农场……各种农庄数不胜数，甚至都分不清名字。这些农场会举办露天集市、啤酒节、面包烘焙大赛、比萨派对等，农场里有船可划，还有专门给孩子玩的小马。古城的餐厅里售卖价格不菲的云南火腿蘑菇拼盘，精心摆盘的夏季蔬菜，还有散养鸡肉搭配无亚硫酸盐的天然葡萄酒。菜单上的所有菜品都标了"有机"，尽管对于"有机"的定义，大家的理解各不相同。

定居大理的城市移居者几乎都有强烈的环保主义倾向，我遇到的几乎每个人都有自己的菜地，他们喜欢种有机作物，热衷于生态保护。有几个人跟我谈起蕾切尔·卡逊于一九六二年出版的《寂静的春天》一书，这本书反对打农药。还有人提到俄罗斯的《阿纳丝塔夏》，这是一本关于在西伯利亚针叶林找到另一种自然生活方式的回忆录，他们说是这本书促使他们搬来大理。英国农学家约翰·西摩于二十世纪七十年代出版的《自给自足生活简明指南》在新大理人之中也很受欢迎。

这是对现代化和城市化的抵制，对那些让民众与农耕生活方式脱节的社会和自然工程的反对。后工业化时代的西方国家经历了回归自然运动，中国在当前阶段也正在经历类似的事情。

然而，那些真正在农村出生的人却不明白这样做的意义。我经常看见邻居杨阿姨从地里回来，背着一个铁皮箱子，上面挂着手持软管，就像在演《捉鬼敢死队》。大理这边都在用这种喷药器，当地农贸市场上卖的大部分蔬菜也都被喷过这种农药。政府出台了新的有机农业鼓励措施，我家附近的一家蓝莓农场就参与了政府计划，该计划为他们提供新的有机农药混合物（以及两架大疆农业无人机）的补贴。但最省钱的方法还是用化学农药，不过这些化学药剂会破坏土壤的养分循环。

素食之城是大理最早的有机农场之一，十几年前为抗议农业现代化发展而成立。在这里，一箱箱堆肥堆在田野果树旁，一桶桶天然杀虫剂堆在棚子里。他们开设了关于自然农耕技术的夜校课程和为期一周的研讨会。农场后面的田里有匹马，有只羊拴在柱子上，兔子自由自在地跳来跳去，这里仿佛英国童话作家碧雅翠丝·波特的书中世界。每天中午，这些农场都会准备素食自助餐，菜品有自家种植的水果、蔬菜，还有麻辣豆腐、米线等，应有尽有。

农场的创始人小吴来自湖南，身材瘦小，我们一起走在地里，他跟我解释了农场的理念。

"这里种的东西都是纯天然的，"他说，"大约五十年前，人类才开始大肆使用化学药剂来种作物。然而，农药剥夺了自然的韵味……就像番茄，本来不应该长得那么大。"

小吴觉得，总有一天人类会为此付出代价。其实，大自然已经开始算账了。

他说:"倘若危害人类的疾病源自人类对自然的破坏,那这就是因果报应。"自然界已经开始反抗人类世。但在这个农村,小吴不用忍受城市发展的紧密鼓点,可以缓缓聆听四季变换的自然节奏。他俯下身,从开花的藤蔓上摘下一些湿软的果实,然后递给我一个小小圆圆的深红色果实,它触感柔软,汁液饱满。

我咬了一口。他说:"对,这才是番茄原本的样子。"

在中国,素食主义者和纯素食主义者少之又少,占总人口不到百分之五。但在大理,在素食之城之类的地方,素食和纯素食已是主流。这里甚至成立了大理纯素食协会,华金·菲尼克斯和简·古道尔还为此录了视频,警告道"人类的欲望已经超出地球的承受能力"。该协会与一家嬉皮士素食餐厅关系紧密。餐厅由古城里的一座钟楼改建而成,名叫"小馆大碗",由一位在都柏林接受过培训的中国厨师掌厨,菜品有素食馄饨、味噌代肉汉堡等。还有一群新大理人定期进行十天的水果清肠活动。间歇性禁食也十分流行。

这些有机农场都注重发展永续农业,尝试建立自给自足的农业生态系统。微岛建在峡谷激流中的小岛之上,是一个"自然社区",离北部不远,为想学习相关经验的人开设了永续农业设计课程。课程内容有碳农业、氮磷钾养分循环、用天然材料建造房屋、畜牧业及社会民主的公共决策等。其目的是创建一个"闭环系统",在此系统中,人类所需资源能完全由农场产出满足——产量与消耗量相当，甚至更多。

正如一位英国导师萨姆所说，他们希望"以生态系统为模型，围绕其设计人类体系"。他补充道："动植物的生活系统很简单，但人类的却复杂得要命。"

这些实验带有一种生存主义倾向。微岛希望在大理重现英国的过渡运动，建立一个群体网络，为世界耗尽廉价能源、不得不回归传统生活方式那一天做准备。

"中国是发展永续农业的绝佳之地，"萨姆说，"因为中国的城市化进程快、时间短，所以时至今日中国有很多人还是知道怎么种田的。"周磊是微岛创始人。他是一位喜欢攀岩的中国人，留着脏辫。对日益逼近的社会崩盘前景，他直言不讳，直接宣称他办的公社能实现末日之后的自给自足，是"人类未来的解决方案"。

大理的另一个环保组织是名为"生态屋"的庭院式社团，他们提倡"零浪费"生活，倡导用天然材料替代日常用品。他们卖擦碗用的茶籽粉、加水煮制后能代替洗衣液的无患子、椰子油洗发水、丝瓜瓤厨房刷、竹制牙刷、细绳编织袋。生态屋会回收所有东西，把天然垃圾制成堆肥，自己发酵酵素用来清洗东西，还组织登山捡垃圾。他们与塑料不共戴天，对塑料的回收几近狂热。但他们特别说明，唯一可以丢弃的合成产品是避孕套。

我从未留意环保，只是对环保事业有模糊的认同。我一直生活在城里，没办法尽自己的绵薄之力——个人行为不过是在热气腾腾的大堆垃圾上盖了块遮羞布。然而在这里，离人类正在破坏的生态系统更近，我更深刻地意识到了我们的自然资源在日益减少，也更清楚地认识到人类需要有一个更可持续的未来。在这里，我可以真正实现低碳生活，不用每次去超市回来都要制造出一大堆被丢弃的塑料包装垃圾。我买当地种植的蔬菜，吃土鸡肉，喝山泉水，几乎不会产生塑料垃圾。我在花园制堆肥，把产生的肥料再放入堆肥之中，如此循环。我买了一袋茶籽粉洗碗，还买了一个耐用的购物袋。这对人类世的大环境来说或许微不足道，于我而言却意义非凡。

可持续性是大理这些试验的核心目标。这不仅包括更宏观层面的可持续发展，还包括在我们自身所处的微观生态系统中实现自给自足，对自己负责，在自己身上建立闭环系统。没人可以完全依靠自己，但自给自足是一个努力的方向。我们投入什么，就会得到什么。

"一切都是循环，"农场主美丽说，"如果你吃得好、活得好，循环就开始了。你做的事会带来因果报应，而这又决定了你接下来能做什么。"

到了夏至那天，我来大理已经五个月了，我又去了彩虹农场，美丽和其他新大理人正在举办露天狂欢舞蹈派对，庆祝夏至的到来。打碟台已经搭好，正对着一片草地，旁边花团锦簇。大家跳起狂欢舞，在完全清醒的情况下放开手脚，尽情舞动呐喊，尽可能忘记旁边还有别人，像野兽一样跳来跳去、尖叫不停。看起来有点像精神错乱，但这样做能发泄内心压抑的情绪。

我内心积压的东西太多。站在草地上，音乐声震耳欲聋，在这种可以尽情释放情绪的氛围下，我一直压抑着的所有情绪又都涌上心头。昨晚我刚跟前未婚妻打过电话，现在，与爱人分离的疼痛伤疤再次裂开，在大理适应新生活的恐惧与茫然冲上大脑，对他人、对自己的愤怒与怨气像锁链一样拖拽着我。这些情绪从内心深处翻涌而出，穿过动脉，升到我的喉咙口，卡在那里，在我还来不及阻止时就爆发了。我发出最原始的尖叫，把脚下的草踏成泥，双手乱舞，跺脚不停。我把衬衫脱了，踩出的泥浆溅满身上，甚至溅到其他狂欢分子那里。我跪倒在地，失去所有力气，和人群一起嚎叫，驱散体内的"毒"。要它消散，必先让其释放。

夏至过后，大雨来临。大理地处亚洲东南部的西北山脊上，离印度次大陆足够近，因而会有夏季季风。当低气压前锋阴云密布地在丘陵地带上空升起，然后在苍山上方消散时，季雨就会降下。雨季一般在端午节（农历五月初五，这一年在阳历六月下旬）前后开始，大约持续三个月，直到中秋。凉爽的雨水驱散了大理的暑热，来得正是时候。

有些天，雨从破晓下到深夜，倾盆如注。有些天，只有午后阵雨，或是太阳雨。有时连续几天都是倾盆大雨，好几周都见不到太阳。也有天气晴朗的时候，我们甚至都忘了这是雨季，把这当成英国的夏天了。林间小道变得湿滑，野草丛生。村里经常能看到青蛙，偶尔还能看到蛇。我被雨困在院子里，抬头仰望山腰。山顶笼罩在翻滚的云雾之中，山谷中传来阵阵雷声。

大理的雨季是蛰伏的好时机，这是夏天中的冬天，是宜于居家的时光。坐在屋檐下，看雨淅淅沥沥下个不停，看着泡菜和康普茶慢慢发酵，练太极拳，深入冥想，学习新乐器，掸去画架画布上的灰尘，读书，写小说，学杂耍、日本剑玉，学陶艺、烘焙。可以想睡就睡，随便消磨时光。停下一切，静静待着。

对我来说，这是回归自我、总结过去的时机。我整天待在家里，阅读，写作，沉思冥想，弹弹钢琴，演奏曲子，慢慢琢磨肖邦的指法和爵士乐的和弦变化，在院子的一面墙上挂了个箭靶，还特意买了把蒙古式弓箭。我做炖菜、烤香蕉面包，天天练习气功和太极拳——站桩、云手、天地合、仙人指路。我坐禅冥想，每次都尽量坚持更长时间。这是大理的"静"字诀。

我还思考了空玄姊妹说的情绪无常，还有如诚说的"心灵可将地狱变成天国"。我在这里找到了新的生活，但还没有找到新的自己。乌云密布，我待在家里，发现自己又陷入了烦躁的情绪中。我的思绪、情感纠缠在一起，孤独、愤怒、自怜、恐惧交织堵塞，流不出去。我淹没在悔恨的海洋中，思绪在胡思乱想中漂浮打转：如果这样，如果那样；那会这样，那会那样。过去是一片雷区，未来是一片荒原。我已找到了肉体上的宁静，精神上的宁静却更难得到。我知道，我必须行动了。要么驱除心魔，要么学会与心魔共处。

我在视频治疗中倾诉了这些。我遵循十二步戒瘾计划，寻找比自我更强大的力量，接受真诚关系的脆弱性，这可以填补我的内心空洞，让我不再依赖玩手机产生的多巴胺。我拼命戒掉手机瘾，也开始渐渐明白，我每次拿起手机，都是为了分散注意力，让自己不去面对那些我不喜欢的自身的问题，躲避自己的感觉，麻痹自己的精神状态。我来大理是为了逃离城市，但不能逃避自己的内心。

如诚说过，解决问题的办法是少些欲求，而不是追求更多。要放下自我。认可源自内心而非外界。我们要自己创造幸福。我试着运用我学到的东西：感受自己的某种感觉，像科学家一样给这种感觉取名字，等待这种感觉消逝，再重新思考这种感觉，然后再等它消逝。黄昏时分，我带着月亮沿着村里湿滑的小径跑步，小路两旁杂草丛生，苔藓遍布。我坐在自家院子里，保持大脑空白，凝视被云雾笼罩的群山，它们巍峨而神秘。

来大理疗伤的失意都市人不只我一个。我遇到过很多失恋后搬到这里的人，以至于"心灰意冷的隐居者"简直成了大理人的刻板印象。雅玲是我刚搬来这里时认识的瑜伽教练，每次听见有人提到失恋，她都会翻白眼。雅玲的哥哥柠檬终于拿到了离婚证，还办了一场离婚派对来庆祝自己成功离婚。

这里到处都是经历生活变故后试图"找到自我"的新大理人。

和全中国一样，大理上下掀起了一股心理治疗热潮，帮这些人解决心理问题。银桥村最北端刚搬来一位来自上海的心理医生兼生活指导——菲菲。她跟有些客户进行线上交流。这些客户住在城里，因为疫情封控，只能待在家里，压力很大。她告诉我："焦虑才是当前中国真正的疫情。"还有些客户已经搬到了大理，逃避竞争激烈的社会带来的压力。她说："他们已经活成了社会期望中的成功人士……但内心非常痛苦。"

其他新大理人则通过保持身体健康来追求心灵健康。这里的瑜伽老师多得数都数不清。从卡波耶拉到生酮饮食法，各种课程应有尽有，广告满天飞。我住的村子附近有一个减肥营，英文名为大理福尼亚（Dalifornia），商标上的 D 是个挺着大肚子的漫画人物形象。有些精品酒店直接打出"疗养中心"的旗号。无为寺附近正在建设的一家疗养院规模巨大，周围种满了茶树，岩石和水池点缀其间。创始人是一名退役军人，名叫边江。他将疗养院形容为"大理的魔山"，灵感来源于托马斯·曼的小说《魔山》。他们会为客人提供一系列疗愈服务，包括现场瑜伽、水疗、心理咨询，以及院内"康复科学家"提供的"细胞疗法"，据说能降低血压。

中医也很受欢迎。有几位中医在大理隐居，为在此定居的中产阶级看病，这些人都有腰酸背痛和长期看屏幕导致的颈部问题。我也深受同样的姿势问题困扰，后来我报名参加了一位医生的疗程，他住在我北边，和我隔一个村子。他的老师曾在中南海为中国最高领导人看病。在十六个疗程中，我接受了近乎酷刑的穴位按摩，他在我不想扎的地方全扎上了针，我体验了电击按摩垫、颈部和背部正骨，还有滚烫的艾灸。不像中医治疗，倒像在用刑。

其实，新大理人把放松当作一种自我保养。雨季加剧了我们原本就有的一种倾向，那就是"宅"。这是"躺平"的极致体现。

客栈老板果壳整天在屋里画画。道木匠在他的小木屋上盖了层防水油布，以防木头被水泡坏，然后天天抽烟打发时光。退休的陈医生和周老师在照料花园，数着玫瑰。修行的佛教徒，比如寻静院里的空玄，一天打坐的时间更长了。就连那些"迷幻僵尸"也从狂欢中缓过神来。

雨季非常适合我们这些新大理人，适合想要远离俗世的隐士。这是反思的季节，是治愈身心和进行自我提升的季节。窗外大雨滂沱，如我们所愿，像帘子一样隔开我们与世界其他地方，让我们进一步了解自己。这是神圣的水，是能洗净一切的雨。有几天，我会站在院中，任凭雨水落在身上。

雨天也适合睡觉，这也是新大理人的另一大爱好。瓢泼大雨敲着院中石头，银桥村尽头的嬉皮士院子 OM 山洞里的人从早到晚就躺在暖洋洋的床上。住在这里的两个中国女子已经离开了——一个骑摩托车去了西藏，另一个搬到了小路对面一栋更现代的楼房里。但 OM 山洞这个合住院子的人员流动很快，没过多久，就又有人搬进来了。

其中一位新成员是来自杭州的年轻艺术家，她刷到了一篇火遍全网的文章，是介绍 OM 山洞的，这篇文章让 OM 山洞在网上迅速走红。她来到银桥村找 OM 山洞，逢人就问 OM 山洞在哪儿，然后就不请自来地出现在院子门口，问自己能不能住进来。她敲门时没人在家，在雨中等了一个多小时才进了门。当时刚好有个空房间，他们就让她搬了进去。现在，她成了 OM 山洞的一员，每天都在画画，学习文身技术。有人问她在大理要给自己取什么绰号，她说直接叫"大理"好了。

丽丽是最早住进 OM 山洞的一批人之一，也是最年长的成员，夏天，她一天能睡十四个小时。她坚称这不是懒，而是修行，这对她的健康有益，让她心中平静，能降低皮质醇。更重要的是，这并不是无意识地浪费时间，因为她在做清醒梦。

做清醒梦就是意识到自己在做梦。人处于睡眠状态，但完全清醒，或有部分意识，可以控制梦中发生的一切，梦里有无限可能。大理的一些新移居者特别喜欢练这种技能：他们既喜欢奇幻体验，又喜欢睡懒觉，清醒梦刚好能把两者结合起来。清醒梦能拓展思维，提供新视角，将意识与潜意识相连。这让他们在大理的逃离之旅又向前迈进了一步——在现实中进步，在梦里也更进一步。

我做过几次清醒梦，但都是偶然，并非刻意为之。第一次是十几岁的时候，那时我刚看了理查德·林克莱特的电影《半梦半醒的人生》。看完电影，我意识到自己可以在梦中让任何事情发生，于是我马上幻想出一个美女，和她发生了关系。从那以后，我也做过别的清醒梦，梦里，我最喜欢的就是飞翔——一开始飞得摇摇晃晃，然后被吓得惊醒，但后来就能在天空中翱翔了。听丽丽讲她的梦境经历（主要是去她遗愿清单上那些充满异国情调的地方旅行），我又想起了那种飞翔的感觉，那种纯粹的、无拘无束的自由，我在现实世界中尚未拥有的自由。

另一个喜欢做清醒梦的是个英国人，他在家乡面临袭击指控，在保释期间逃来了中国。他泡特殊的茶让自己控梦，茶里放了蓝莲花、天门冬、人参根，他说这种茶大有奇效。他是人体改造师，皮肤上到处都是文身：一只眼睛上方文了个生命之符；胸前文了耶和华之名，还有梅塔特隆立方体；一条胳膊上文了特殊数字，另一条胳膊上有利希滕贝格图（一种闪电状烙印）；他还自己在阴茎上文了一只邪眼。他的左手没有小指，那时他在梦中指挥蒙古大军，有个声音告诉他，用钳子把小指剪掉。他照做了。

毕竟，我们来此就是为了打开思维。所以当丽丽提到她正跟住在大山另一边的一位"梦隐士"学做清醒梦时，我忍不住去拜访了梦隐士。

漾濞县位于大理古城的西方，直线距离约二十公里（要穿过苍山），因秋季核桃节而闻名。从我所在的村子可以直接走到那里，但是要爬上爬下，辛苦跋涉。但我还没那个胆量爬上山脊，而且雨季路滑，这样很危险。所以，我打算绕个远路：开车向南驶到下关镇，顺山谷之间蜿蜒的西洱河沿岸向西行驶，再沿一条支流向北行驶。

到了漾濞县后再向西开一个小时，沿陡峭、蜿蜒的土路上山，就到了梦隐士的住所。这里与大理只有一谷之隔，地理位置很不错，在此能看到苍山较为平缓的西坡全景，而在银桥村，我抬头只能看到险峻的东坡。正如梭罗所写："有人一直住在山的东侧，向西看山，当他绕到山的西侧，向东看山时，便迎来一个重大时刻。"

丽丽上的学校就在山顶。这里曾是一个农舍，周围是一大片果园，占地约一百三十三亩，种了桃树、樱桃树、苹果树、核桃树、酸橙树、枇杷树、杏树、梨树和酸木瓜树，还有各种浆果灌木。学校本身不过是一排水泥房，简陋的宿舍里挤了双层床，另一边是厨房，一个猪圈被改成了教室，坡下有一个户外厕所，旁边是鸡舍、蜂箱。这里的主要特色就是床，到处都是床单、羽绒被、枕头。除了睡觉，几乎没别的事情可做。

这位自称"梦隐士"的男人站在校门口等我。他站在垂着百香果藤的拱门下，门上刻的校名很有诗人博尔赫斯的风格：偶梦谷。我觉得梦隐士应该是白胡子圣人那种形象，长着长眉，盘坐山顶之上。但我看见他时才明白，那不过都是我的想象。傍晚时分，迎接我的其实是个四十出头，戴着圆框眼镜的圆脸男人，顶着鸡窝头，穿着蓝色毛绒睡衣。他打了个哈欠，说自己刚睡醒。

他出生于黄河流域中原地区的古都洛阳。七年前，他来到漾濞县的山上定居。他说："只要有地可睡、食可果腹就行，别的什么都不用。"他独自一人生活，妻儿住在相对舒适的下关镇。学生在学校里来来去去，每次过来住上几天或几个月，他们交学费，做义工，这一切维持着学校和周围果园的运转。

梦隐士小时候非常害怕睡觉。他常常会在夜里突然惊醒，喘不过气来。他患有阻塞性睡眠呼吸暂停，夜晚是他的恐惧源泉。他不仅会因为窒息而惊醒，还饱受噩梦和睡眠麻痹的折磨。在中国，睡眠麻痹就是俗称的"鬼压床"。鬼压床时，人能感觉到自己的身体，却无法动弹，拼尽全力想睁开眼睛，却无能为力，还会觉得房里有别的东西存在，甚至感觉有东西压在胸口。人处在半梦半醒的迷糊状态，很容易把这种东西当成鬼。

困在半梦半醒间的暗黑空隙中，曾是梦隐士每晚的遭遇。但如果他不强迫自己清醒，而是放松下来，无视房间里鬼怪的存在，就可以渐渐回到正常的梦境状态。这是唯一有效的做法。他还发现，他清醒时的意识也会延续到梦境之中。他仍是清醒的，只不过现在他不是在床上动弹不得，而是活在梦境中，意识到梦的假象，也就意味着他可以控制梦境。

在梦中，他是超级英雄。他能穿墙，能隐身，拥有念力。他能冻结时间，喷出火焰，能变得像星球一样巨大，也能像原子一样小。他能变成飞禽走兽，在空中翱翔，于林中游荡，完全忘了自己是人类。他像神一样创造世界，每晚回到那里，继续工作，醒来反而打断了这些。在有个梦里，他是道教神仙，在洞中度过了三百年。他俯视一潭清泉，透过澄水观看凡间。所有这些梦里，他都是清醒的。他知道自己睡着了，由于意识是完全清醒的，他可以用想象力控制梦境走向，也能单纯享受梦境之旅。他不再做噩梦，不再窒息，不再有"鬼压床"的症状。在此过程中，他对生活的看法被完全颠覆了。

我们一边吃着清炒蔬菜，一边聊了起来。蔬菜有些是他在菜园里种的，有些是他的朋友和学生带来的。我提到庄子的名言："不知周之梦为胡蝶与，胡蝶之梦为周与？"梦隐士认为这是无稽之谈，他清楚地知道自己是谁，什么时候在做梦，什么时候醒着——比大多数人都清楚，因为大多数人并不知道自己做梦时的状态。但现在，睡觉与清醒这两种状态的区分对他来说已经没有什么意义。这两种状态都是他的生活，是同一个意识的两面。两者可以都是假的，也可以都是真的。

"你数学怎么样？"他冷不丁问了我一句。

我说自己数学很差。

"那你知道等号是什么意思吗？"他还不死心。这我还是知道的。

"你怎么知道你的存在是真实的？"他换了个方向，又问道。

我想了想，说自身的感官知觉以及对以往感官知觉的记忆，让我觉得自己的存在是真实的。

"没错,"他说,他的肯定鼓励了我,"现实是由经历和记忆组成的。那你怎么知道你的梦是真实的呢?"

我说,这也是因为我梦中的经历,和醒来之后对梦的记忆。

"所以,如果所谓现实是经历加记忆,而你的梦也是经历加记忆,那么 y=x, z=x,所以 y=z……也就是说,你的梦也是现实。"

我怀疑这里面存在逻辑谬误,这让我想起了关于天鹅、鸟类和白色的某些逻辑问题,但我明白他的意思。他的梦境与现实的性质是一样的,对他来说,这两者相互交融,功能相同。清醒梦境和"所谓现实"(他最喜欢的口头禅)之间的区别对他来说毫无意义。他穿着毛茸茸的睡衣,坐在小木椅上,喝着用自家果园春季收获的樱桃酿的啤酒,笑着看我。

"大家认为梦反映的是现实,"他轻声说,"但他们最应该明白的是,永远不要对任何事物的真实性过于确信。"

我问他怎么知道自己现在是不是在做梦,他说这很简单,只要把中指往后弯,看看能弯到哪儿。我试了一下,勉强弯过指关节。我开了很长时间的车来到这里,又跟他聊了三个小时,现在实在困了,说我想睡觉,他指了指一间宿舍。我盖了床羽绒被,沉沉睡去。

夜里,我醒了。从床上起身,站在陌生的水泥房里。玻璃窗脏脏的,窗外,月亮已从山坡上升起。我能感觉到自己苏醒的身体知觉,还有赤脚踩在冰凉的地板上的感觉,肺部呼吸的感觉，T恤贴在皮肤上的拉扯感。我还记得与梦隐士的谈话，记得他跟我说的奇特经历。为了迎合他，我把中指往后弯，现在我的中指就像果冻一样，软塌塌地垂到了手腕。

我站在外面，站在山坡突出来的木台上，面朝西边的苍山。所以我是在做梦，我可以做任何事情。我想飞，但眼前这片无尽的夜空如此黑暗，似要将我湮没。我不敢飞，这样的黑暗实在让我害怕，但我想到了别的办法：把黑夜变成白天。我举起双手，做出召唤的动作，把太阳从沉睡中唤醒。我又缓慢打了个手势，于是太阳火球从山后升起，金灿灿的球体冲出山脊线，整个山谷沐浴在光辉之中。太阳温暖了我的皮肤，耀眼光芒炫人眼目。我的黑暗世界也如同迎来了黎明。

夏日雨水滋润森林土壤，蘑菇都冒出头来。一种肥硕的蘑菇从灌木中钻了出来，肉质鲜美，质地像牛肝，中国人将其命名为"牛肝菌"。有一种被称为"鸡枞"的白蚁伞菌，菌身更细，味道更甜，常常被晒干后跟时令蔬菜一起吃。树干上长的是"木耳"，有黑的有银的。最珍贵的是松茸，可以蘸芥末和酱油生吃，每斤售价高达一千元。山上到处都是找蘑菇赚钱的当地人，还有找牛肝菌回家炒菜的新大理人。

当然，采蘑菇时一定要小心谨慎。云南目前有八百多种已知可食用的蘑菇，但还有很多毒蘑菇，每年都有人因误食蘑菇而丧生。二十年前，大理曾发生连环死亡事件，当时人心惶惶，把这叫作"云南猝死综合征"，后来查明死者系菌中毒死亡。农贸市场现在仍在卖一种蓝色蘑菇，至少要煮五分钟才能完全消毒。还有一种蘑菇叫见手青，因为用指尖来回摸其菌褶，其颜色就会由黄色变成靛蓝色。古城里到处都贴了警告，提醒大家不要误将毒蘑菇当成美食。有些菌汤火锅店，为避免顾客出事承担责任，会在蘑菇煮熟后留存一份汤汁。

与宗教信徒、清醒梦体验者一样，一些嬉皮士来到这个山谷也是为了浇灌心灵之花。他们的目标不是享乐，而是发现自我：解放自我意识，超越普通感知。新大理人有各种方式发现新视角。有些人像佛教徒那样，爬上花岗岩山坡，打坐冥想，不服用任何药物。有些人则用一些捷径，以获得短暂的领悟，作为改变思维的另一条途径。不管怎样，大家的目的都是一样的：窥见隐藏在内心深处的东西。

在一个潮湿的夏日，雨暂时停了，我走去村子以南几公里的无为寺，寺庙上方有条小路通往原始森林。

大理的阿吒力佛像本身就充满奇幻色彩，甚至有些令人恐惧。无为寺入口处有两尊巨大的木制神像，按照藏传佛教风格被漆成了红色和青色。寺庙里面，墙壁上排列着菩萨的雕像，持物属性各不相同，有的雕像手持金刚杵，有的雕像手臂足有五米长，手可摘日。往后是尊巨大的大黑天神像。大黑天是婆罗门教湿婆的化身，为冥府神，梵文中字面意思为"大黑"。他脖子上挂着骷髅念珠，大腿上缠着盘曲的蛇，眼睛凸出来，怒气冲冲地瞪着，无情地盯着我，威胁我，审判我，仿佛在蔑视我的渺小，但还是让我通过了。

寺庙后面是陡峭的山路，山路两旁摆了许多阿罗汉雕像。有的手持宝剑，有的端坐莲叶之上，有的带着灵兽。他们长长的脸庞从左右两边俯视着我，石雕的脸似在移动、变形，与我同行。路上，视野和时间都在扭曲。山路似乎没有尽头，因为阿罗汉雕像在我上方一直延伸。我觉得自己仿佛一直都在这里。大黑天的凝视似乎已是很久之前的事。坐在山路两旁的阿罗汉的脚下，没有过去，没有未来，无他，无我。

我走过所有阿罗汉像，再往回看，才发现山路其实并不长。穿过这条路，庙顶又出现在眼前，我又找回了正常的意识，知道自己在哪儿了。我慢慢穿过白石溪，花了很长时间，回到银桥村。在山路上那种精神游离的状态下，我感受到了自我的丧失。一直以来，我的萎靡不振就是因为我被困在自我世界：太过自我，又因此产生种种不满。现在我才明白，如果真想改变，光离开城市是没用的，我得离开自己的大脑。逃离自我，这才是开始。

头顶上方，树冠遮日，树叶窸窸窣窣，这是大自然的喃喃细语。我还是强烈感觉有什么在与我同行。在刚下过雨的潮湿森林里，我感到一股黑暗力量围绕着我，这力量来自树丛深处，来自地下深层。各种复杂情绪随之升起：我所有的失败、遗憾、恐惧、愤怒、自怜，还有我浪费的时间、造成的伤害、失恋的悲伤。这一切的核心，是一种挥之不去的孤独，一种因寂寞和不被爱而产生的生存恐惧，它被虚无召唤着。我湮没在这种力量之中。它像大黑天一样暗黑，如此强大，大到我无法独自对抗，它将我往下拖拽。我被吸了进去。

抬头看天，阳光透过云层缝隙，照了进来。我内心出乎意料地升起一股强烈爱意。我想起了家人、朋友、前女友们，还有她。心中没有了怨恨，只有对所有人的爱意。我想，如果我能爱、原谅、感激生命中出现的所有人，那也许我也能这样对待自己。我跌坐在林间的地上哭了起来。我再也感觉不到那股黑暗力量了。光抚我以暖意，这就是最强大的力量。

如果一支小小的蜡烛就能驱散黑暗，那么光明与黑暗从来都不是对等的。

大暑已至，我在大理的头一年已经过半。雨过天晴，接连一周都是艳阳高照。在一个新大理人的送别派对上，我买了辆青绿色的二手山地自行车，轮子很宽。趁着阳光明媚，我去完成了在大理的一项人生必经之事：环洱海骑行。

晨曦初现，我从银桥村辗转而下，穿过蓝莓地，经过绵延的甜玉米穗。坡底有座狭窄石桥，白石溪在此汇入洱海。洱海边有一条柏油小路，仍在分段铺设，穿过沼泽遍布的绿地。我沿着这条路向北骑去，经过了扎根岸边的垂柳，路过了村里的寺庙和观音像，看见身着飘逸白纱的新娘在波光粼粼的湖水前拍婚纱照。洱海一望无际，阳光透过纤云倾泻而下，在湖面上闪耀。绕湖一圈全程约一百三十公里。

这个山谷曾是我逃避现实和探索自我的地方。这里是避开"内卷"的老鼠洞，是远离城市生活、重担压力和世俗束缚的地方。在这里隐居，也许至少能让我从疲惫的心灵和受伤的情感中得到解脱。逃来山里后，我改变了环境，也在努力改变自己的心态。但有时，我还是怀疑，这是不是一种冠冕堂皇的躲避，并非真正的改变。毕竟，逃避自己是为了不去面对自己。在我们尝试不同生活方式的过程中，这种转变究竟能有多深刻呢？

继续往北骑了二十公里，我经过了喜洲镇，飞驰穿过了海舌半岛。过了半岛，聚居点渐渐稀少，柏油小路变成了土路，然后与向北通往丽江、香格里拉，最终与通往西藏的主干道汇合。到了上关镇后，我向东拐去，顺着洱海北岸蜿蜒的路线骑行，这里是围湖造田形成的土地，夏季繁花似锦，远近闻名。鲜花点亮田野，五光十色，宛如画家的梦境。

在这里待了半年，我遇到了很多和我追求一样的城市移居者，但还没有真正建立起任何有意义的人际关系。我宁愿自己一个人待着，默默疗伤。我一直都独自爬山散步，这次骑行也是一个人。大理的反主流文化中潜藏着一股暗流，体现在派对中也好，在清醒梦爱好者和网络主播身上也罢，它可能让你脱离现实，而非与现实建立联系。也许这正是我们所追求的。

洱海东岸人烟稀少，只有一条窄路紧贴湖岸，穿过星星点点的房舍。我在双廊镇停下来吃午饭，这里曾是个古老的渔村，五年前被改建，成了与大理古城相媲美的第二个旅游胜地。这里有许多商店，卖卖奶茶、扎染围巾之类。有艘渡船来往南诏风情岛接送游客，岛上南诏行宫的遗迹已被开发成旅游景点，还设置了旋转栅门。再往南是挖色镇，正对风景如画的小普陀岛，岛很小，不过是水面上的一个点，岛上有座供奉观音菩萨的楼阁。现在，我已经绕湖骑行了一半，向洱海望去，远处是我住的银桥村，苍山在它上方若隐若现。

　　我的内心在发生变化，我还不知道那是什么。但在大理，我的呼吸变得顺畅许多，走在大自然之中更是如此。焦虑悔恨、忧思惆怅消失得无影无踪，树木、泥土、湖水和风，都有着治愈的力量。人类发展进化几千年，一直与这些元素为伴，直到过去几百年，人类抛下它们，大力发展钢筋混凝土，又在过去几十年一头扎进数字世界。在发展的过程中，我们失去了一些东西，我也是如此。在这里，我骑着车，风在身后推着我，我感觉自己需要的就是回归自然。

　　我哼哧哼哧地骑上斜坡，一路骑到山顶的天镜阁，天镜阁俯瞰着古城对面的一个半岛，这里是洱海最狭窄的地方。顺坡而下，便是这边最大的海东镇。金梭岛状如织梭，卧在湖湾之中，一条细长的地峡连接岛屿的两部分。东部的山丘比西边的苍山平缓，但在资源开采方面受到的保护也更少——山体被开采活动分割得支离破碎，那里有许多开采煤炭和铜矿的大矿场。

　　我们这些大理移居者也在"挖掘"。有人冥想，有人控梦，有人打理花园，有人回归自然，大家通过各种方式，开垦我

157

们灵魂的土地，翻耕，施肥。我们在心里的洞中种下一粒种子，尽自己所能照料它、浇灌它。只需坚信它会长大，静待开花结果。

洱海浩浩荡荡，下关镇尘土飞扬，高楼耸立。现在风向变了，我正顶着逆风上坡。我已经骑了九十公里，下午的时光变得如此漫长。最艰难的时刻来了，早先的热情已经消退，汗如雨下。我也想过放弃，直接叫辆面包车，把自行车装上去，晚饭前就能回家，这多容易啊。

但挑战自我也是我来这里的目的。其实在大理生活，大多时候都很轻松。不用操心事业，不用肩负养家重担，不用承担社会期望，不用担心生活成本。但有时，我们很难完全脱离过去的生活习惯。毕竟，只有经历痛苦，才会真正改变。

我大汗淋漓，终于骑完全程，经受住了这场考验，而我的努力也得到了回报。我沿着南岸，穿过街道交错的下关镇，又拐去北边，准备回家。之前折腾我的逆风，如今在背后推我前行。

黄昏的第一抹红晕显现天边，霞光轻柔，山腰处的云层被染上一片红粉。我朝着大理古城的方向，沿着湖边小路匆匆往回赶，想趁天黑之前回到家。最终，我回到了白石溪的桥头，也就是出发之地。我成功环湖骑行了一周。暮色霭霭，我骑车回到了银桥村，回到了我现在称之为家的村庄。

清风吹过，鲜花盛开。夏日已过，春天播下的种子日渐成熟。该是收获的时候了。

秋

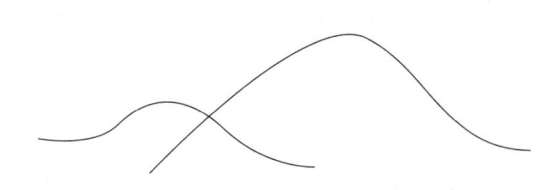

丰　　　稔　　　岁

收获的季节到了。秋意浓浓，遍地都是茭白、花椒、菱角、芋头、玉米，而松杉依旧青翠，毫无入秋的迹象。南方气候温和，大理的秋收来得早。到了八月初，也就是农历的"立秋"，作物已经长成，可以收割了。

大理白族最盛大的丰收节日在农历六月二十四——火把节，这是除春节之外，大理最隆重的节日，邻近地区乃至四川省的彝族人都会庆祝火把节。在云南，以大理为庆祝中心，火把照亮了每个村镇。

火把节是为了纪念彝族人皮逻阁而设的。他于七三八年建立了南诏国。一天，他邀请其他五诏首领来大理聚会，并为此专门建造了一座木塔。席间，皮逻阁找借口走出了木塔，随后塔门被闩上，木塔燃起了大火。有位首领的夫人白洁在灰烬中找到一个铁手镯，这是她送给丈夫的礼物。皮逻阁看她面容姣好，要娶了她。白洁夫人誓死不从，随后投身洱海，追随亡夫而去。为了纪念，每年夏天，人们都会象征性地烧座高塔——白族以此铭记屠杀，彝族以此纪念南诏国的统一。还有很多其他版本的火把节起源故事，但许多庆祝者都没听过，只把它当作一场纯粹的欢乐节日。

每个村为火把节建的塔都不一样，但都由松木制成，高达十米。黄昏时分，无论刮风下雨，人们都会从塔顶点燃松木塔，在熊熊火焰之下载歌载舞。在镇里大一点的广场上，场面十分热闹。主持人用音箱放着迪斯科音乐，一群人冒着被坠落的余烬烫伤的风险，举着买来的圆木火把围着火塔转圈。穿靛蓝马甲的叔叔奏起民谣，戴白色帽子的阿姨拿着系有流苏的棍子跳舞，围观人群都目不转睛地盯着火塔。总之，火把节的气氛有点像欧洲的五朔节和英国的盖伊·福克斯之夜。

我是在银桥村过的火把节，这里的庆祝活动要安静得多。我们村的松木塔建在山路口佛寺外的草地上，用绳索和支架固定着。塔高五米，中间是空的，里面塞满了清香的松针、串串鞭炮，四周挂着苹果，有一侧还插了纸旗。在暗红色的低矮寺庙和山上落日余晖的映衬下，这座塔着实是一道奇特的风景。

几十个村民聚在庙里煨着的火炉旁，喝着甜香飘溢的麦茶。在邻居杨奶奶的带领下，一群奶奶敲锣打鼓，诵经祈福。八旬老人李观宇也在这里，他堂兄就是春天过世的那位李爷爷。我问他，火把节对他、对白族有怎样的重大意义。他像往常一样，若有所思地停顿了一下，吸了口锡制烟斗。

"那是场很大的火。"他每个字都经过斟酌，咬得很重。他的话一向言简意赅。

天蒙蒙亮，长竹竿上绑了块烧着的破布，三个今年刚当父亲的村民举着竿子点燃了塔顶。火堆燃烧起来，香气飘散开来，他们刚生完孩子的妻子不顾被掉落的树枝砸到的风险，用布带把孩子系在身上，在塔下绕圈，为孩子祈福。塔像冒烟的蜡烛，随着烛芯越烧越低，里面藏着的惊喜喷出。鞭炮噼啪炸开，黄纸钱如纸屑般喷撒出来，苹果和其他水果砰砰落地。插在塔身的升斗落下，一群年轻人争先恐后抢着插在上面的旗子，谁先抢到就说明谁厉害。

升斗在大理的各种庆典上很常见，由三个彩盒堆叠而成，就像宝塔的层层塔身。每侧贴着四字词，如"人寿年丰""风调雨顺""五谷丰登""牲畜兴旺"等等。我问李观宇这是什么意思，他跟我解释了一下。

"火大，收成好。"他咧嘴笑道。

火把节的农业意义比历史传说还要深远。有人说，火是用来驱赶害虫、吓退鸟类的。还有人说，火把节其实象征着亚洲东南部普遍的刀耕火种。其实，火把节本质上就是丰收节：在收获庄稼之前祈求保佑。如果升斗像今年一样，在落下时完好无损，那就是好兆头。

塔烧得只剩基底时，每个人拿起自己手中用绳子绑成提基火炬模样的小松枝，把枝头伸进火中。我们高举着燃烧的松枝火把，如举行异教仪式般，向家走去。我跟在杨阿姨后面，她举着火把回到家里，在院里、房中将火把挥来挥去，依次祈福。隔着竹篱，我在自家院子里也像她那么做了，然后跟其他人家一样，把火把支在门口，让它燃尽，以求庇佑。

家家户户门口的松枝燃尽，余烬渐冷，暮色弥漫，这些点缀村庄的守护灯接二连三熄灭了。没过多久，大家都熄灯安歇。火把节留下的唯一痕迹只有山脚那堆尚有余温的灰烬。

其他村庄还有别的习俗。茶马古道沿线，铺着青石板的凤阳邑村会举办赛马会。道木匠住的绿桃村会向吵吵嚷嚷的孩子们扔点心和包子，有的包子里还塞了钱或糖。绿桃村还给孩子们分发燃烧的火把，他们在人群中舞着火把，离旁观者的鼻子只有几寸远。有人带来一袋袋锯末，扔在火焰上，就成了火球。

街边的商店和餐馆也在店外支起了小火把，祈求生意兴隆。火把节吸引了大量游客，从古城起的鹅卵石路上，许多火把燃烧，路面全是灰烬。大理的学生现在在放暑假，他们开始了一种新的玩法：等这些灰烬冷却下来后，将其涂在自己（还有他们遇见的其他人）脸上，人人顶着无忧无虑的黑脸，在露天电子派对上通宵蹦迪。

对我们每个人来说，火把节有不同的意义。于有些人而言，火把节是有着千年历史的隆重节日。对另一些人来说，火把节则是尽情狂欢的好机会。秋天第一缕气息中，火把节象征着年岁过半，象征着收获之始。火塔焚烧，火光圣洁纯净，带来了新生的希望。大地从灰烬中得以滋养更新；灵魂也如同经历了刀耕火种般得到了洗礼。灰烬中将长出新一轮庄稼。

苏和的家乡没有丰收之景，只有一望无际的羊群。他家在遥远的内蒙古西部——阿拉善，目之所及皆是植被稀少的坚硬土地。他家养了两百只羊，在砖房四周的草地上吃草。阿拉善在西藏的东北方向，阿尔泰山以南，离最近的住宅区也有近两公里的路程，差不多是离中国各大城市最远的地方了。

童年的苏和孤苦无依。父亲在他九岁那年意外去世，苏和在提起那场事故时只说了个"火"字，就潸然泪下。他母亲有几个酗酒成性、动辄施暴的男友，他还记得晚上躲在草丛里，躲一个拿刀砍他们的人的经历。他家养了许多牲畜，生活并不困难。苏和在镇上读了初高中，那里离他家有一天的车程。后来，他被内蒙古自治区呼和浩特市的大学录取，学的是艺术。他不喜欢草原，也不喜欢城市。草原遍地青草羊粪的味道，城里汽油和香烟的气味也好不到哪儿去。不管在哪儿，他都没有归属感。

缘由之一是，苏和是同性恋。蒙古族文化崇尚男子气概，要证明自己的阳刚之气，谈女朋友是最好不过的了。这种文化教导他，男子要擅长射箭、摔跤、骑马，最重要的是要娶个女人，这才是真男人。苏和对这些不感兴趣。他身材瘦小，像个孩子,一头艺术家般的蓬松的乱发垂下来,盖住了柔和的棕色眼睛。他的穿着打扮与同龄人不同,在学校里,大家都喊他"怪人"。他隐藏自己的性取向,学着融入人群,但不满情绪愈发强烈,越来越想逃离这个容不下他的社会。

我跟苏和在 OM 山洞的派对上聊了起来。最后,他道:"内蒙古到处都是垃圾。"他英语水平很好,说话有点像他喜欢的山谷女孩,他就是看这些美国电影学的英语。看了那些美国电影,还有《威尔与格蕾丝》这种美剧,他开始慢慢接受同性恋。

二〇一四年的暑假,十九岁的苏和来到了大理。当时他正在云南各地旅行,背着包漫无目的地游荡,跌跌撞撞地走进了山谷,就像之前的其他人一样,他在此发现了桃花源。"我知道,这就是我要找的地方。"他跟我说,他习惯性重读字词,加重语气。几周后,苏和搬进了 OM 山洞,结识了那位采摘蘑菇的委内瑞拉人,两人在一起了。一个月,两个月,四个月,一年,苏和再也没有回大学,六年后,他仍待在大理。在这里,他终于可以做真正的自己,这里的人不会说三道四。他可以住在山里,可以不用公开自己的性取向。

那时的盛夏岁月安逸自在。他们住在 OM 山洞,天天睡懒觉,一起做饭,一起上山采野菜。他们在桑拿房生火,赤身裸体共蒸桑拿,一边流汗,一边模糊不清地哼着调子,唱着"唵",然后跳进外面的石池里凉快一下。晚上,他们围着火堆,伴着星星吹起迪吉里杜管或笛子,打着鼓,月亮高悬,他们喝酒跳舞，又爬上山坡，看湖面升起太阳，然后一直睡到下午，又是同样的一天。

"在大理，我可以做回自己，"苏和说，"无须隐藏真正的自己，不用他妈的憋着不说脏话。我太他妈年轻了，太他妈自由了。我想不到中国还有什么其他地方能跟这里一样。"

然而，没有人是孤岛。苏和逃离了他出生的传统社会，却无法改变这个社会，摆脱不了外界的压力。在中国社会，适龄男性，无论是不是同性恋，认不认为自己是男的，都得找个女人结婚。苏和的母亲接受他从大学辍学到大理生活，却对他施压，非要他结婚安家，还威胁说如果他不结婚，就断了他的经济来源。他母亲跟家乡其他朋友亲戚一样，都问他把时间花在哪儿了。她希望儿子能娶个妻子，找份稳定工作。苏和想，如果他真的结婚了，家里人就不用再操心他，他就能想怎么样就怎么样了。

一些同性恋选择用"形婚"来骗过别人。男同性恋娶女同性恋，或娶个想一直单身的异性恋女性，这样，双方的父母都能满意，还会为他们买套婚房。有时，两个男同性恋和两个女同性恋会两两结婚，搬进合租公寓，跟自己真正的伴侣同居，父母来看的时候，他们就互换卧室。

二〇二〇年春天，苏和的男友带他认识了梅兰妮——一个扎着辫子、穿了耳洞、背上纹了条龙的荷兰女人，她刚来到山谷。他们一拍即合，一起出去喝酒。她抱怨自己在中国的签证没多长时间，苏和半开玩笑地说，他们应该结婚。这对他们俩大有作用：给苏和他想得到的尊重，让他能出国旅行甚至移居国外，也让梅兰妮能在中国留下来。第二天清早，他们清醒了，苏和认真和梅兰妮商量他俩的形婚。她答应了。那时，他们相识不过十六小时。

这就是大理，在这里，一切皆有可能。在这里，可以躲避现实。在这里，来自世界其他地方的偏见、不满、侮辱、虐待都找不到苏和的藏身之地。在这里，只要撒个弥天大谎，他就能活回真正的自己。

八月，苏和带着未婚妻回到内蒙古，准备婚礼。梅兰妮头发染成了鲜红色的，打了鼻钉、唇钉，浑身都是文身，她并不是苏和母亲想象中的那种新娘，但外国儿媳让她倍有面子，而且梅兰妮性格开朗，招人喜欢。最重要的是，苏和母亲很满意儿子的顺从。苏和坚信母亲并不知道他俩的关系是假的，但他确实想知道，母亲心里是否知道他是同性恋。他不禁说出口，说也许他带一个女人回家意味着"她以为我改变取向了什么的"。梅兰妮告诉我，回家的第一个晚上，苏和喝得酩酊大醉，突然就号啕大哭。

婚礼前几天，他们去了戈壁沙漠拍婚纱照，穿着蒙古传统服饰，骑着骆驼在沙丘上嬉闹。婚礼在苏和之前上学的镇上举办，酒店的宴会厅被设计成了巨大的蒙古包。他们围着一个假茶炊转圈，举着米酒向每一桌敬酒，脸上洋溢着幸福的假笑。梅兰妮戴的头饰很重，把眉毛都压低了。叔叔送给苏和两头骆驼，苏和想把它们带回大理，养在 OM 山洞，但最终还是打消了这个念头，让这两头骆驼跟其他牲畜养在了一起。新婚之夜，儿时的朋友们围着大红婚床打趣戏弄他，他又想起了在学校里因性取向而遭过的白眼。但他醉得太厉害，直接昏倒在大红婚床上，忘了一切。

第二天一早，苏和和梅兰妮开了八小时的车，去了内蒙古最大的城市——包头。这里的政府大楼构造跟一艘宇宙飞船一样复杂。（就像苏和说的："文件满天飞。"）这里有最近的婚姻登记处，他们来办结婚证。第二天下午，他们启程，开了两天的车，回到了苏和童年所在的牧场。这里有砖房水井，各种牲畜，茫茫草原一望无际。两人在这里待了一周，算是朋友间的度蜜月。他俩帮忙挤羊奶、放羊，并肩睡在星空下，苏和不禁感叹，自己确实离家太久了。

回到大理，他已是已婚人士。他发现，这里与他出生的地方其实很像。他在这里住的院子也是一个带室外厕所的简朴农舍，他也同样睡在点点繁星之下，只不过他望着的不是草原，而是前方一望无际的群山。他逃离了艰苦童年，摆脱了多年的自我压抑，纵跨中国，在另一个极端找到了新的藏身之处。在这里，他可以自由自在，尽情享乐。不过，虽然他回来之后在许多派对上尽情狂欢，但年近三十的已婚男人与十九岁的少年已是不同。他背井离乡，从内蒙古来到大理，可在此，他并无扎根之感。

"有时，"他突然说，"我觉得自己太过自由了。"

苏和和梅兰妮分道扬镳，夫妻二人过上了各自的生活。

他和委内瑞拉男友吵架了。他酗酒成性，根本控制不了自己的嗜好。醉酒后，他暴躁易怒，觉得一切都只是徒劳的逃避，无法得到真正的满足。

"我来大理是为了躲开家乡那些该死的人，"苏和跟我说，此时我俩正光着身子坐在 OM 山洞里漆黑一片的桑拿房里，"我不想像他们那么虚伪，但我好像做不到。"他拨弄着松软刘海，想整理一下，然后笑了起来："我无法逃避自己。"

虽然在大理很自由，但我始终觉得自己还没扎根。我也掉进了陷阱，以为外界环境变了，内心就能改变。可其实，我自己的杂乱情绪并没有像我期盼的那样很快消逝。听别人的故事只会让我在空虚的夜晚更加孤独。我的情绪还受到天气的影响。雨季的最后几场雨下得很大，我在房里日日郁郁寡欢，陷在无用的混乱思绪之中。

不过，我的内心也有收获，我在春天播下的种子结了果。远离电子产品的做法有了成效，没了那些社交软件，我终于不再愤世嫉俗，自怨自艾。走在漫漫山路上，我心如止水，感觉自己与更强大的力量相连。小狗月亮一直陪在我身边，我没那么孤独了。而且，过去的几个月让我从失恋的伤痛中逐渐恢复。夏日的雨水腐蚀了悲伤的棱角，秋天的落叶掩埋了痛苦。我学会珍惜，懂得感恩。

吃早餐时，我会写下自己感激之物：生命、健康、培根、鸡蛋，尤其是那些我认为曾伤害我，却帮助我成长的人。在治疗师的建议下，我把自己要贯彻的重要价值观写了下来，比如谦逊、宽恕、正直、坦诚等等，在自己做不到的时候提醒自己。我尽力拆解那些我内心编织的叙事，打破思维认同催生的小我，那只是阻挡改变的假我。早上定下目标，晚上刷牙时就看着镜子里的自己，问自己是否做到了。我在刷牙，也在洗刷心灵。

这样的生活，这种与他人相处的模式，让我看到了更大的叙事，我不是以前一直想当的那种故事主角，而只是故事的一小部分。我看到自己的不安全感与舒适圈是如何在童年形成的，意识到幻想和错误的信念左右了我太多的决定，看到自己是如何压制心魔，却让其在背后驱使我的。我审视了自己灵魂的阴暗面，想努力接受这个隐藏的自我。我在刺激与反应之间扯出间隙，不再受制于无意识的"行动—反应"循环，不再像熔融金属般顺着思维的凹槽流入既定的模具。

每天冥想十分钟，帮我减缓了思绪的流转，让头脑冷静下来。这样我就能观察到自己本能的反应，而不会盲目做出行动。放下一种思想，顺应一种感觉。也许，当我们感到那种强烈冲动的时候，我们所需要做的，就是坐下来，冷静下来，不用乱想，直接什么也不做。

音乐能传递我无法用言语表达的情感。当我弹奏肖邦的夜曲或巴赫的变奏曲时，那些情感如静脉注射般流遍全身。我也在钻研爵士乐，发现了跟其他音乐人一起演奏的乐趣。一小群人时不时聚在我家，还在山谷附近举行小型演出，我们的乐队叫"消逝之钟",这既是源于对达利的双关引用,也体现了我们的时间自由。我曾一度以为创造力只能自己一个人发掘,但事实证明,和伙伴待在一起,才能激发创造力。

跑步帮助我扫除了压力的阴霾,用内啡肽替代了多巴胺。打太极拳能疏通我的经络,就像在运动中冥想。我打理花园,做健康的饭菜,每周接受心理治疗,发掘新爱好,比如把箭射向挂在院子另一边的靶子。有些自己做不了的事情,就找别人帮忙,我终于从自尊心的重压下解脱出来。

为了抑制对电子产品的沉迷,我参加了十二步戒瘾计划,它促使我从里到外彻底审视自己的方方面面。在他人的引导下,我挖掘出了内心所有的负面情绪和糟粕,这被称为"无畏且全面的道德自省"。需要挖掘的包括造成内心不安的根本因素:怨恨、恐惧、自己造成的伤害,以及性格上的普遍缺陷。这对我来说是个新概念,我可以直接写出一张清单,列出我怨恨的每个人、我伤害过的每个人、我害怕的每件事,以及我所有的"错误",然后在阳光下看看这张单子,这时,我会发现自己并不像想象的那样——要么伟大要么渺小,要么邪恶要么善良。我和其他人一样,只是一个复杂的矛盾体。

怨恨清单上的第一个名字,我想都没想就写下来了:前未婚妻。尽管她并不该承受我的怨恨,但在一段感情失败后,我的怨恨就像热汤一样灌满了内心。接下来,我必须想想这种感觉来自何处,对我产生了什么影响——受伤的自尊心,依靠他人寻找自我价值的不安全感,把自己当受害者的倾向,对寂寞和不被爱的恐惧——我在这一切中扮演怎样的角色。随着名字和怨恨不断增加，清单越来越长，我回想以前破裂的关系，一直想到童年的竞争对手，我不得不面对自己。究其核心，我必须面对一个无法逃避的事实：这些压抑的怨恨，并非针对他人，而是针对我自己的。

恐惧清单上的第一项当然是蛇。我从小就怕蛇，住酒店的时候，我都会仔细检查房间抽屉里有没有蛇（以防万一），而且我经常做噩梦，梦见蛇缠着我，咬我的手和脚。大理有蛇，大部分都是无毒游蛇，但也有一些毒蛇，比如蝮蛇。当然，对毒蛇的恐惧是完全合理的：它们客观上确实非常可怕。然而，根据定义，我的恐惧症是非理性的。就像我列出的所有恐惧事项一样，其实背后有更深层的东西。抽丝剥茧，我发现了潜藏在表面之下的原始恐惧：对不确定性的恐惧，对未知的恐惧，对痛苦的恐惧，对死亡的恐惧，对被人遗忘的恐惧，以及对没有上帝、没有意义的恐惧。在柔软的内心深处，我只想被抱、被爱。

这些恐惧和愤怒的背后是不安全感，这种不安让我伤害别人，我发现自己在痛苦中是多么以自我为中心。这些人类特质，这些缺点——傲慢、嫉妒、自私、欲望、贪婪，甚至诸如迟到和拖延这类小毛病——一直将我困在自我世界里，无法自拔，让我做出阴暗之事，又让我感到羞耻，自我怨恨。这种以自我为中心和唯我论归根结底表现为自我：自我带来的痛苦。

像写购物清单一样把这些特征列成清单，是种解脱。最后，看着这一页页的清单，我发现自己与别人并无太大不同。我只是一只大脑近三斤重，有点神经质的"大猩猩"。

如果以自我为中心是问题所在，那解决办法就是相信比我更强的力量。放手，把一切交给更强大的力量，让它带走痛苦——奇迹也好，心理作用也罢，只要它能让我不再困在自我之中就好。我是坚定的无神论者，习惯于把自己当作宇宙中心。要改变这种情况，在更强的力量面前承认自己微不足道，对我来说确实很难。

我想起大学时写过一篇探讨《李尔王》和"灵魂塑造神义论"的文章：人类经受的苦难其实是神的赐福。我们所经历的痛苦是合理的，因为正是苦难磨炼了我们的灵魂，让我们更接近我们信仰的上帝。每个人都在以自己的方式经受痛苦，不要与他人比较痛苦，他们的苦难往往更深，同时，也不能轻视他人之苦。我明白，如果没有自尊受创，如果没有自我质疑，我不会审视内心而有所收获。如果我不了解自己，那么也许我也不能那么确定在我之外的事物是什么样的。

为了清除那些阻碍我开拓意识的"垃圾"，我坚持"打扫情绪卫生"，就像给心灵"剔牙"一样。心里涌现什么想法或感觉，我试着将其当成过眼云烟，而不是本质上的自我。我尽量让其自然消逝，直到它再次出现。这种打地鼠一般的游戏没完没了。但当我的思绪像咿呀学语的婴孩一样哭喊着唤起我的注意时，我可以冷静地看着它，就像看着院外隐在秋雾云浪中的山。我的内心也有一层薄雾，遮住了我的内在，掩盖了背后一切。我想起一位邻居教给我的中国格言：

"白云悠悠，青山依旧。"

在银桥村民间神庙对面的山阴处，有个蜜蜂养殖场十分引人注目，它的门口脚柱上支着一个巨大的金色纸塑蜜蜂雕像，守卫上山之路。梯田状的田地上有一百多个木制蜂箱，蜜蜂成群飞来飞去。几十只鸡和鹅毫无畏惧地奔跑其间，放肆地叫着。穿过这片区域，一排排茶园逐渐隐入后方浓密的森林中。

养蜂场里，李叔叔在一个个蜂箱之间穿梭，拿起装满蜂蜜的蜂盘，看看蜂蜜如何。李叔叔是个中年男子，皮肤黝黑，皱纹满面。他不戴任何防护装备，对嗡嗡叫的蜜蜂也毫不在意——虽然我第一次见到他时，他的鼻子被蜜蜂蜇得又红又肿。他用筷子从一个蜂盘上刮下一团黏稠的蜂蜜，递给我尝。苦的。他解释说，这种蜂蜜是中药花蜜，还有别的口味，比如蓝莓蜜、咖啡蜜和一种比较笼统的"百花蜜"——都是蜜蜂在森林里从山花上采来的。我买了罐尚未结晶的蜂蜜，打开一看，一只蜜蜂淹死在流淌的蜜里。

李叔叔是新大理人中的另类。他并非来自城市中产阶级，而是从贵州的一个工业小镇搬来的，他在那里的家具厂工作了很多年。十年前，他三十多岁，离了婚，听说大理的农田租金便宜，就辞去了工作，用一个行李包装上家当，坐上了开往大理的火车。他打打零工，和一个当地女人相爱，结了婚，住进了村里。他在寺庙旁边租了两块地，就在他家院子那边的山上，然后开了家蜜蜂家禽养殖场，卖蜂蜜、蜂巢，还有散养的鸡、鹅和火鸡，但得买回去自己宰杀处理。在家乡，他整天困在工厂里，被锯末呛得喘不过气。现在，他整天待在户外，仰望野花遍地的山坡，花蜜隐藏其间。

"我在这里过得很好，"他说了句，"感谢上帝。"

他说的"上帝"，指的不是"天上的皇帝"，而是基督教的上帝。一年前，李叔叔与前妻生的女儿在大学里信了基督教。起初，他和前妻都以为这不过是三分钟热度。但她一次又一次提到救赎，还经常在微信上给他发《圣经》经文的网页链接。他喜欢基督教的点在于，耶稣以前也是个木匠，跟他一样，用双手劳动。

"其实，基督教很有道理。"一直以来，他总是隐约觉得世上存在着某种神，而基督教这种一神论最能打动他。和中国所有的小学生一样，他接受的是无神论教育，所以他本不信教，但内心深处却总感觉精神空虚。所以，这一年初秋，就在我跟他在养蜂场见面的几周前，他信了教。

他现在还在信教的适应阶段。说"上帝"的时候，好像在熟悉这个词，看看在嘴里说出来的感觉如何。他的妻子是白族人，信奉当地的民间宗教，去对面的寺庙里拜神，对西方的神不感兴趣。他们的女儿觉得她继母的信仰是一种偶像崇拜，所以放弃了劝她皈依基督教，李叔叔也这么认为，但他更为包容。

"也许我们信的都是同一个神。"他说。

中国基督徒数量庞大，其中大部分是新教徒，十九世纪末二十世纪初，法国传教士从殖民地印度支那往北进了云南，云南与天主教结下了不解之缘。云南西北部与西藏交界的村子里还留着这段历史的痕迹，村里有华丽的天主教堂和充满活力的基督教社区，甚至还有一个多世纪前法国人修建的葡萄园。

大理本身就是一个天主教教区。一九二七年，驻扎大理的三名法国传教士主持修建了天主教教堂，教堂至今仍屹立在古城中心，它是白族式样的，由木梁搭建而成，攒尖顶，弧形瓦，顶部还装饰着一个十字架。教堂里面，高高的天花板被漆成蓝色，上面点缀着星星。在金色祭坛上方，"上帝就是爱"几个大字十分醒目。在外面的一面墙上，一幅十米宽的壁画描绘了许多场景，包括夏娃受诱惑，天使降临大理，以及（杜撰的）耶稣在洱海岸边被钉在十字架上的情景。

神父曾在瑞士进修，他面色红润，鼻子圆鼓鼓的，总给人一种喝醉酒了的感觉。他每周日都会主持弥撒仪式，钟声悠扬，带有天主教的气息，信众也很活跃。古城北边还有一座规模较小的新教教堂。

为了学习纯粹的真正教义，李叔叔的女儿让父亲参加了一个家庭教会，中国各地私人家里都会举办这种地下聚会。这个家庭教会就在名叫"以勒"（Jireh，源自 Jehovah-Jireh，意为"耶和华必预备")的学生面馆附近。现场气氛安静,有垫子、茶水,还有花生、瓜子等零食。会上,大家诵读《圣经》,向主祷告,一起唱诗。其中一位成员——面馆老板的女儿——因上帝的力量感动流泪。后来,李叔叔跟我说,他在那里感受到了一种归属感,他都不知道自己竟然如此渴望这种归属感。

其实,我们都在大理寻找这样的东西:一个有归属感的聚集之处,一颗信仰的种子,滋润心灵的甘露。李叔叔信奉了基督教,他的妻子则拜当地神灵。其他新移居者中也有信奉佛教、印度教、道教和泛灵论的。还有古城周三的巴哈伊教聚会,寻静院的修行姊妹,鸡足山上的僧人,待在家里自我修行的人。绿桃村的道木匠曾对我说:"每个来到大理的人都在寻找自己的信仰。"

孩提时代,我就有种本能冲动,想接近那个我后来称之为"上帝"的东西。记得在牛津,我从卧室窗户望向外面嘀嗒的雨,感觉雨水在我体内流动。十几岁时,我把这种冲动当作令人难堪的瘤子一样割掉,再也没有回头。理性成了我的信仰,怀疑主义成了我的骄傲。二十年后的今天,我凝视大理的群山,再次感受到了孩提时的那种感觉。这一次,我悉心呵护这种感觉,为它遮风挡雨,每天给它浇水。夏日细雨退去,秋天夕阳柔和洒下,体内生长的东西终于开花结果,我收获了信仰。

我信仰的并不是亚伯拉罕信仰体系中的上帝,但我喜欢用这个词来称呼我的信仰，因为没有比它更合适的词了。我在大自然中最能强烈地感受到它的存在：一种存在于万物背后的精神，流淌在我和周围的一切事物之中；一种物质与非物质的统一，是空间和时间的分子。正如威廉·华兹华斯在诗中所写："一种动力，一种精神，推动一切有思想的东西，一切思想的对象，穿过一切东西而运行。"这可能是泛神论，万有在神论，也可能是一元论，无论何种术语，都无法捕捉这种精神，人类大脑也无法理解。从定义上讲，我的新信仰是对某种无法证实、深不可测的事物的信仰。落日余晖透过高空云层，洋洋洒下，这种感觉无法抵挡。我听到它在我内心深处说：我一直都在这里。

我不再为新信仰寻找解释，这时，我的信仰仿佛雨水冲刷泥土一般，洗净了我的痛苦。无论心里感受如何，我都能停止胡思乱想，意识到在这一切的背后，万事如常运转——可能发生的事情无论怎样都会发生，我也做不了什么。坐在院里藤椅上，我抬头看着群山，阳光洒下，树影斑驳，我开眉展眼，心中充满了喜悦，这种喜悦如同要从我的肋骨间迸发出来一般。

李叔叔在蜜蜂和鸡群中穿梭，我们聊起了我们刚刚萌芽的信仰。我问他什么是"上帝"。他没指上面，而是指了指周围，只说了三个字："这一切。"

他挠了挠自己肿起的鼻子，让我徒手从嗡嗡不停的蜂箱中取出蜂盘。我战战兢兢拿起蜂盘，但其实没事。他用手指抹了点黏糊糊的蜂蜜，放嘴里吮了干净。

"蜜蜂会飞到各处去采花，"他说，"花朵不同，味道也不同。但采出来的都是蜂蜜。尝的时候都是甜的。"

秋意渐浓，雨季最后的薄雾笼罩苍山，日落越来越早。九月的阵雨还要断断续续下一个月，不过今年的季风并不猛烈。银桥村的肥沃农田里，地里种的东西已经成熟。坡下烟田里，一捆捆黄色的烟叶被绑在超载的三轮车上，运往加工厂。农民给玉米剥了皮，玉米皮晾在外面，黄澄澄的玉米穗铺了院子满地，玉米棒被挂在木梁上。原本郁郁葱葱的田里如今光秃秃的，不免有些荒凉。

我的生活一切如常：烹饪，写作，山中散步，做些编辑工作，以及在网上授课。和以往一样，我与山里的野生动物一起住在院里。一对赭色冠的戴胜鸟在石墙缝隙中筑巢，我时常看着它们忙忙碌碌飞来飞去。黄蜂蜘蛛在院子角落里结网。老鼠一家在屋檐下窜来窜去，我们之间的拉锯战仍在继续，我把厨房关起来，在里面设陷阱，诱捕它们。小狗月亮睡在楼上，天天早上兴高采烈地跑下来见我。

在隐居之地，我感觉自己与山谷以外的生活越来越脱节。世界其他地方似乎都陷入了混乱的循环。疫情封控已是全球常态。对种族歧视的抗议在美国愈演愈烈。气候危机波及全球，夏季山火和热浪肆虐多地。跨太平洋的紧张局势进一步分裂中美关系。日常生活、人际关系都在大银幕上上演。就像华兹华斯所说,"我们太沉湎于俗世"。在大理,我远离了这一切。有时,我在不看新闻的时候,会觉得这个山谷就是全世界。

农历七月,也就是今年的阳历八月中旬到九月中旬,是一个适合静修和隐居的特殊时期。据说这个月是鬼月,鬼门会打开,亡灵会回到人间。这段时期,大家要闭门不出,减少社交活动,以免游荡的鬼魂干扰生者。在银桥村,这个月,村里没有上梁宴、满月宴,也没有婚礼、葬礼。不过,新大理人还是照常办这些。

鬼月的阴气最盛的一天是农历七月十五日,又被称作中元节。中元节也叫鬼节或盂兰盆节。那些没有家人祭拜的鬼魂会化作饿鬼,只能在阴间鬼界和阳间人界之间游荡徘徊。中元节晚上及前后几天,大家会给亡灵烧冥币,让逝者在另一个世界维持生计,也能安抚那些饿鬼,让他们不再骚扰活人。直到亡灵离开,鬼门关闭,鬼月结束。

中元节汉族的习俗,源于对祖先的崇拜,但大理白族人也过中元节,不过白族关于该节的信仰和传说不甚清晰。民间传说有多个版本,如阎王爷会在中元节当晚放出鬼魂。而道教认为中元为地官诞辰,地官在此时会赦免世间罪孽。佛教则借此纪念佛祖的弟子目连,他超度亡母脱离饿鬼道,诵经为亡灵消业,让他们得入轮回。这一天,鸡足山的僧人们会托钵出行,接受礼佛之人供给的吃食,这些人希望以此为逝去的亲人攒些福业。

在银桥村，大家在村巷里摆上鸡肉、猪肉、鸡蛋等供品，供鬼魂享用。中元节黄昏时分，家家户户都会在自家门外的小路上画上工整的粉笔圈，在里面燃起火堆。到了晚上，星星点点的火光如萤火虫一般点缀整个村庄。大家都围在火堆旁，为逝者烧冥币，让他们在另一个世界使用。有个阿姨还在自家火堆里烧了一个苹果手机模型，让逝去的祖父用上最新科技产品。

村子最高处有座古老的西拱门，这座厚重的石门静静矗立，望着大山。城墙早已倒塌，立在一旁的是一座信号塔，这是新时代的瞭望塔。穿过拱门，一条笔直的鹅卵石小路通向森林，村民祖先的坟墓林列在山麓斜坡上。这条路被当地人称为"生死之路"。

之前，我在黄昏时分跑步时经常和月亮路过这里，却不知道这条路的名字。现在，中元节暮色降临，我从村里走上去，穿过西拱门，来到山路脚下。一缕炊烟从远方升起，在散发着松香的雾气中随风飘散。一群村民聚在那里，低声喊我。原来，只有那些游荡的灵魂才能走过拱门，他们会像我今晚一样朝着夕阳，向西而行，穿过此门，回到自己所在的世界，我这种活人是不能从这里走的。

大家沿着山路点燃了灵火，为他们指引方向（雨后的森林非常潮湿，所以雨季时，大理会取消禁火令）。装着水果和熟鸡蛋的塑料袋放在山路两旁，就像为那些回家的饿鬼准备的外卖。

烟雾浓浓，日落西山，夜幕降临。村民陆陆续续走了，回到自己家中，紧闭大门，等待黎明破晓。我沿着小路走了一小段，穿过了余烬卷起的烟雾。

我寒毛直竖，不知道自己是否应该来这里。周围一片寂静，这里不属于我。周围坟茔累累，野鬼飘荡，享受活人的供奉，我不禁有种身处地府边缘的感觉。

小路向上延伸，消失在黑暗中，被高山吞噬。

我打道回府，打开了所有的灯。

一周后，也就是鬼月月末，我开车去了鸡足山，再次拜访放光寺的僧人，新修的大殿已经差不多完工了。这次，我应邀在此住了两晚，像僧人那般生活，就住在大殿旁边的活动板房宿舍里。

每年这个时候，放光寺都会开办"短期出家活动"，相当于给想出家之人三个月的试验期，让他们体验僧人的生活，再决定是否真的要出家。我和一位叫殊同的弟子睡上下铺，他是西安人，三十岁出头，留着长发扎成马尾，穿着时髦的运动鞋。他曾是广告业的平面设计师，在两年前辞职。

"我感觉自己在骗人，"他解释自己为什么辞职，"我做的广告在骗他们，这不道德。"

殊同讨厌"内卷"，四处旅行了一年多。他一直对佛教很感兴趣，说自己的旅程是"寻找乌托邦之旅"。他去了位于尼泊尔帕尔丙、印度麦克劳德根杰的各种修行之地。他在拉卜楞寺钻研佛经，也了解了其他宗教，比如苏非派，还有特里莎修女的思想。由于疫情蔓延，他没法去国外，于是放弃了寻找，发愿披上袈裟，皈依佛教，遵循佛法。现在，他在选去哪个寺院出家。

殊同说："无须真的找到乌托邦，保持内心平和便足矣。"

宿舍十分简陋，我们坐在上下铺，一直聊到很晚。鸡足山高耸入云，冷得出奇。寺里鸦雀无声，黑灯瞎火，只剩我们的一盏灯还亮着。我们也关了灯，我躺在床上辗转反侧，想起了如诚的话。如诚就是那位之前在大理开酒吧，七年前看破红尘，来了放光寺，遁入空门的大师。他说，比飞更难的是改变你的心。

翌日清晨四点半，晨钟敲响，我们起床，洗去睡意，然后盘腿而坐，念经两小时，到了黎明才吃早餐。我们和其他弟子一起打扫厨房，帮忙洗菜，准备午餐，之后参加慈法大师的线上课。他是寺院创始人，现在定居于斐济。这节课他讲的是"放下执念"。吃午饭前，还得念十分钟经，等到能吃饭的时候，碗里的蔬菜、豆腐、米粉都已经凉了。第一天的寺院生活才过去七小时，我已觉得自己受不了这种日子。

下午，我又和如诚喝茶聊天。看到他眼中善意的微笑，我感觉出家似乎也没那么糟了。他问我今天过得如何，对我的抱怨一笑了之。我只要小喝一口茶，他就会马上给我续上。我问他上次说的"改变你的心"是什么意思。

他说："以前，我的心是本能驱动的。无论发生什么，我的反应都是被动的……但真正的自由是，无论什么情况，我们都有主动作为的能力。就算身处监狱，失去人身自由，但内心仍然可以是自由的……人无法靠身外之物获得幸福，真正的幸福在于人生态度。"他端起杯子呷了口茶，又把杯子斟满，"你可以自己选择赋予人生何种意义，也可以选择没有意义。这就是自由。"

一个三十五六岁的僧人加入了我们的聊天，他叫新讷，曾是中国西部一所大学英语专业的教授，听说有英国人来访，他想练练自己的口语，就过来了。新讷身材瘦削，戴着金丝圆框眼镜，牙有些龅，身着黑色长袍，颇有霍格沃茨魔法学校魔咒学教授的风范。我们谈论佛教时，他时不时引用电影来解释佛教概念，用《黑客帝国》来解释人类的感官是如何被蒙上虚幻的面纱的，用《搏击俱乐部》阐述了不为物质财富所困的道德观，不过他也说，《搏击俱乐部》并不符合佛教慈悲为怀、不用暴力的清规。

如诚和新讷都喜欢音乐，他们一起写了首虔心之歌，还问我怎么把歌词翻译成英文，然后一起唱了这首歌。如诚打着拍子，用京腔娓娓唱来：

> 安宁平等之心，
> 打破虚幻，彰显真理。
> 看破幻境，
> 追溯太初。

只是心中一梦，

人人皆有佛性。

韵律声声，音乐是他们通往平和之心的钥匙。我们所感知的世界是由内心构建而成的。如果说，脑中所想、切身体验都是虚幻的，那看透这一切，人便能成佛——或者就算没有开悟，起码能达到某种平静。

长路漫漫，换乘多次才能抵达目的地。放光寺属大乘佛教净土宗的南方传承。该宗派信奉阿弥陀佛，认为人可往生至阿弥陀佛的西方极乐世界：无有众苦，但受诸乐的极乐净土。这并非涅槃，新讷跟我解释，这是"一所大学"，从大学毕业的人会脱离六道轮回。他把极乐世界描述成一个花园，鲜花遍地盛放，清溪不受重力控制，肆意流淌。神鸟栖息，桃林茂盛。在我听来，这就像《桃花源记》，是香格里拉式的、关于隐秘的乌托邦的神话。但他强调，这不是编的——净土真的存在，在虚幻人世之后，是死后的世界。阿修罗法界、饿鬼法界、地狱法界等其他境界也是真正存在的。

净土宗宗旨之一是，今生念佛行业，以盼来世到达往生阿弥陀佛的极乐世界。这并非简单的念佛，而要时刻保持佛心，即平和、平等之心。结果，放光寺的僧人时时刻刻都在说"阿弥陀佛"，自己打坐也要说"阿弥陀佛"，早上打招呼也用"阿弥陀佛"，有人帮忙开门时，要表达感谢也说"阿弥陀佛"，道别也说"阿弥陀佛"，道晚安也说"阿弥陀佛"。有人跟你说"阿弥陀佛",那你也要回一句"阿弥陀佛"。有一次,有一个僧人急着去晨诵,不小心踩了我的脚,连忙道歉:"阿弥陀佛!阿弥陀佛!"短短一天,我自己也养成了这个习惯。就像英国人动不动谈论天气一样,"阿弥陀佛"成了说话时不自觉从嘴里蹦出来的词。

放光寺还有一种特有的修行方式——闭关。大殿往后是条通往森林的小路,路边建了几间木屋,专门供人闭关。小屋四四方方,七米长,地上铺了软垫,没有窗户,桌上放了一壶水。除此之外,屋内仅有一根绳子从一侧墙壁绷紧挂到另一侧墙壁,高度齐腰。

闭关时长通常是一天或两天整。木屋里的僧人独自一人顺着绳子来回踱步,念诵成千上万遍"阿弥陀佛",还要集中精力来回行走。在此期间不能进食,只能喝点水,不能休息,只能上厕所。这是寺里所有刚出家的僧人的必修之课,偶尔也有老僧人在木屋中闭关修行。新讷跟我说,他从没做过这么难的事。

我十分感慨。这些僧人从全国各地来鸡足山避开俗世,与世隔绝,这是逆向移居的一种极端形式。大家都在滋养平和之心,追求思想改变,寻找另一种生活方式,树立新的价值观。有些人通过务农、狂欢或者过简单的生活来实现这些,放光寺的僧人则切断了外界一切干扰,只在内心世界中寻求新生。

这并非易事。新讷说,他现在还在努力适应寺内戒律,挣扎着早起。他带我看了他那间破旧房间，还给我看了自己藏小说的角落。令人惊讶的是，他跟许多僧人一样，也有智能手机。最近，他经常熬夜狂看日本动漫《进击的巨人》。白天，新讷虔心礼佛，保持清醒。他做菩萨纸雕，在网上看视频学插花，还会用在特殊宗教节日里信徒们送给寺院的鲜花摆出精美的花饰。后来，新讷牙疼难忍，要做牙冠修复，他说在剧痛中冥想非常有用。

我嫉妒他的沉着、泰然。我自己心里就算再平静，这种心态也不过像鸡蛋一样脆弱，一旦新的刺激打破平衡，它就碎了。就像九头蛇，我砍掉一个"情绪困扰之头"，却发现又冒出来两个新的。与僧人们一起久坐冥想，只让我发现平息心中风浪难如登天。也许出家对我有点好处，但我知道，出家并不适合我，如诚也明白。如果说我这几日学到了什么，那就是，我还是无法脱离俗世。

我准备走了，这时，一阵夏风吹进山里。这是夏日季风的临终之声。转瞬间雷声大作，大雨如注，寺庙一片茫茫水雾，除了眼前，什么也看不见。

"记住我说过的话，"临别之时，我和如诚站在屋檐下，看着屋外，他说，"其他的都不重要，你只需记得，心灵可是天国，也可是地狱……"

我们二人静静站着，看着滂沱大雨，谁也没有说话。过了片刻，他又轻声对我，更是对他自己说："毕竟，人生不过大梦一场。"

梦隐士小时候最喜欢开飞船。梦里的飞船有个玻璃罩，精致小巧，就像《杰森一家》里的飞船。他会绕着行星飞速遨游，在不同的星系之间穿梭，徜徉在星云中。他跟外星人交谈，看见敌人就发射激光束，经历了许多惊险刺激的冒险。

二十多岁时，他又在梦里开着他的旧飞船出去转了一圈。飞船虽然有点挤，但还没坏。他驶向遥远的宇宙边缘，探索那些无人知晓的恒星系，路过气体巨星、黑洞和万年孤寂的系外行星。他飘浮在无垠星际之中，看见一头太空鲸，这是他能想象到的最大的生物，眼睛有月亮那么大。那只眼睛看向他，盯着他那渺小的飞船，扫过他那凡人之躯，他感到了宇宙的蔑视。他体会到了宇宙的冰冷——对他那微不足道探索之旅的不屑一顾，那片冷漠的浩瀚会在真空中吞噬他的意识，让他因自身的微不足道而陷入疯狂。

自此，这位探险家再也没有开飞船出去过。之后十几年，在清醒梦中，他渐渐不再探索、冒险。从飞行到穿墙而过，他都已经做了个遍，实在没必要解锁新技能，继续疯狂冒险了。三十多岁时，他搬到了大理，创办了偶梦谷，从此对他来说，清醒和睡觉时的生活都差不多——简单，没有什么宏大的志向。白天醒着，漫步山路，打理果园，做点农家杂活。晚上睡觉，他还是在山上散步，照看果园，围着农舍做家务。那种从山顶一跃而下，在空中变成老鹰的冲动一去不复返了。如今，他对自己，对所在之地，都非常满意。

核桃丰收的秋日，我又去看了梦隐士。这时，苍山西面的漾濞县正在办远近闻名的核桃节。核桃被装进厚麻袋里，按袋出售，桌上也摆了核桃，供人试吃。放眼望去，全是剥好的核桃仁，颜色从浅栗色到深红褐色不等，让人垂涎欲滴。漾濞县往后的山顶上，梦隐士走在果园里，拿着根长木杆敲打核桃树，核桃掉下来，他就用布袋装起来。打到的核桃太多了，根本吃不完。他卖掉一些，把剩下的榨成汁。偶梦谷入口处的核桃树最为古老，枝干粗壮，他的小狗醒醒在此看守此树。

现在偶梦谷里也有个学生，刚跟梦隐士学习一个月。他叫红尘，年近三十岁，身材瘦削，头发剪得很短。他全身上下散发着内敛而强烈的气场，仿佛在思考某个悖论。红尘辞去了在一家知名电信公司的工作，完全断网，仪式般地把自己的手机扔进了西湖。现在，他住在山上，学做清醒梦，每天睡十二个小时。这是打工人的终极梦想——躺平。

偶梦谷吸引了各种各样像他这样的学生。有些人是在寻找爱好，拓展思维；有些人则想尽可能丰富自己对生活的有意识体验。对梦隐士来说，做清醒梦既是事业，也是爱好。他有位私人客户是上海的股票交易员，特意让他飞去上海给自己上课，希望能在睡觉的时候从梦中获得对股市的全新见解。还有位客户是身患乳腺癌的中年妇女，她想在梦中环游世界，白天接受化疗，晚上在梦中去巴黎和罗马度假。梦隐士甚至开设了伴侣心理治疗课程，让双方不再当面争吵，学着在睡梦中表达对对方的厌恶，发泄压抑的怒火。

"这就像训练情绪，"梦隐士解释说，"你可以尝试一切方法来解决生活中的问题，但必须改变自己的态度，问题才会真正被解决……如果老板让你生气，那在梦中，你就打他，看看感觉如何。然后你的心情就会有变化，第二天上班也就不用真的打老板了。"红尘后来也跟我说过同样的打老板的例子。显然，这是中国累成"牛马"的年轻人的共同愿望。

梦隐士说的话让我想起了鸡足山上的如诚大师。他们都认为感官知觉是虚幻的，都把控制情绪作为寻求平静之道。藏传佛教密宗甚至特意修炼清醒梦，以在开悟之道的迷宫中穿过幻觉。如诚曾把人生比作大梦一场，但对梦隐士来说，这不是比喻，生活就是梦，这是实实在在的。

日薄西山，核桃林中光线微弱，我们走在林间，他问我："你做过的梦，还记得多少？"

我估计只有百分之一。

他又追问："那你的现实生活，你还记得多少？"

肯定不止百分之一，我说。

"那好，上周的这天，你晚上吃了什么？"

我说不出来。在记忆里寻找具体细节，却只能回忆起散落的碎片，只有点印象。越往前回忆，画面就越模糊，只有一些时刻像方尖碑一样，在记忆的沙漠中格外醒目。

"这些记忆可能也不准确，"他又说，"我们的生活就是记忆中从不断开的连续故事，这种说法是错的……我知道我现在就在这里，和你走在一起，但下周，这段记忆就会像一场梦一样。"

那天晚上，梦隐士带我和红尘去学校下面的牛棚，他把牛棚改成了一个简陋的电影院。他说，要让人意识到现实的虚幻本质，看电影是个不错的选择。他登上自己的爱奇艺账号，翻了翻收藏夹，选择了《盗梦空间》，在大屏幕播放（之后我又来拜访，他放了电影《香草天空》和《异次元骇客》）。我们坐在小学生用的椅子上，他给我们每人都发了纸和笔，让我们做笔记，看完电影后再讨论。影片的主要启示是，主人公无法确定他所处的现实是不是梦，那些我们认为是真实事件的情节，其实也有可能是主人公的梦。

交卷之前，梦隐士告诉我们，如果发现自己身处的环境奇奇怪怪，就要质疑这是不是现实。他还教了我们一些方法来判断我们是否在做梦，比如把中指向后弯，或者捏住鼻子看看自己是否还能呼吸。清醒梦的技巧在于保持一种平衡：既不要因意识到自己在做梦而惊慌（往往会吓醒），也不要太习惯梦境，以至于很快又陷入无意识的梦境中。我们需控制好自己做梦的习惯。他觉得这并不难，就像学习其他技能一样，只需勤加练习。写梦境日记也很有用，记录能让我们在清醒状态下意识到梦境世界存在的事物。

我一整天都在核桃林里，实在太累了，晚上睡觉，几分钟就进入了梦乡。夜里，我醒了，发现自己在电梯里，周围都是来杀我的刺客。这确实是奇怪的处境。我捏住鼻子，发现自己还能呼吸。刺客消失了，我继续坐电梯上楼。到了顶层，我想：为什么要停在这里呢？这时，电梯变成了玻璃材质的，我飞上了天空，冲破大气层，进入宇宙，飞过土星环，遨游在亿万颗恒星之中。这是我第一次进入太空。

黎明时分，我又醒了，站在偶梦谷吱嘎作响的木平台上，从这里可以俯瞰西边的群山。朝霞呈现出柔粉色，云雾落在下方山谷里，在脚下铺展而开，汇成云海——中国古诗中的云海。梦隐士已经起床了，拿着热风枪，在铺从厨房通往牛棚的水管。我跟他描述了自己的梦境，还问他做了什么梦。他说，在梦里，他做的事和现在一样，铺水管，感受晨风拂面，跟我聊天。

秋分是一年中的又一个重要节点，就像潮水转向的瞬间，秋分当天，昼夜平分，此后，黑夜开始渐渐变长，夕阳尚未落下，弦月已高悬天上。

雨季告终，鬼月闭幕，新一轮的节日开始为生活增添亮色。农历八月初八是耍海会，庆祝活动以划船比赛为特色。五天后，邻近村落又迎来了黄龙节，纪念心地善良的黄龙。在当地传说中，黄龙力挫引水淹村的恶龙，拯救了山谷。接下来是农历八月十五——中秋节，这是汉族人庆祝一年丰收的节日，白族人也过这个节。

中秋夜的大餐是节日重点——餐桌上一般都有鱼，饭后甜点是月饼。这是种很紧实的糕点，里面填了豆沙和蛋黄，让人很难咽下去。大家一般都把月饼当礼物送人，而不是真当吃的。夜晚，灯笼亮起，家家团聚。

中秋之夜，我在村里遛狗，家家户户大门都开着。我带了袋月饼，走进几家院子打招呼。篱笆那边的杨阿姨十分客气地接过我的礼物，放在一边，然后把其他邻居送来的月饼分给了我，她给我的月饼比我给她的还要多。他们邀请我共进晚餐，我在杨奶奶和小刘之间坐着，一边吃着多刺的鱼，一边和他们聊村里的八卦。我在这里生活了九个月，今晚终于头一次感觉自己是村里的一员。

吃完饭，我顺便拜访了山路口佛寺旁的那户人家。半年前，李爷爷的葬礼就是在这儿办的。那位三十多岁，当时赶回来参加葬礼的孙女——李大姐，现在就坐在院子里。我问她，东部沿海那边的工厂那么忙，她是怎么抽出时间回来的。她举起左手给我看，手上缠着绷带，很不自然地扭曲着。她说，自己在流水线上出了事故，左手受伤严重，所以得了赔偿和休养假，可以回到女儿身边了。她女儿不过几岁，在村里长大。李大姐现在也没想好还回不回去工作。他们一家在门廊那边共享中秋大餐，还喊我一起吃。

这一年的中秋节是十月一日，恰逢国庆节，也就是纪念一九四九年中华人民共和国成立的节日。今天，中华人民共和国七十一岁了。在李大姐家前厅，晚间新闻正在重播当天早上北京升旗仪式的场面，前厅的一面墙上挂着习近平的大幅画像——在中国农村，习近平一直很受崇敬。我问李大姐，中秋节和国庆节，哪个节日对她更有意义。

"国庆节。"她毫不犹豫。我问为什么,她说:"国为大家,我们是小家。"

一晚吃两顿饭,我实在撑了。于是我找了个借口走了,继续送月饼。除了吃食,我还喝了几小杯辛辣的玉米酒,有点醉了。其他院子里,当地的白族家庭和新来的大理移居者都在庆祝中秋,科学之家和 OM 山洞都摆满了自酿的水果甜酒。午夜时分,我确定自己看见天上有两个圆月。

但中秋夜还远没结束。我喝得酩酊大醉,跌跌撞撞向北走了三公里,穿过村庄之间的休耕地,走到一个露天迷幻派对现场。现场有个对着草地的打碟台,上面放了一排荧光灯,旁边是废弃面包车改成的自助酒吧。草地边上有张桌子,摆满了祭月供品,有苹果,有烈酒。有人蹦迪累了,就到桌子前叩拜月神嫦娥。据说嫦娥和玉兔住在月亮上,玉兔正用铁杵捣药。

炸炸、内蒙古人苏和、占卜师云、身上文着梵文的音乐人云龙都在这里。这些来到大理的移居者组成了我的社区,我是他们中的一员。我沉浸在一种从未有过的归属感中。此时此刻,我在外面呼吸着新鲜空气,而不是宅在房里上网,这种感觉真好。

第二天早上,我们都能睡个懒觉。国庆节的七天假是中国的公休日,也被称为"黄金周"。大多数城里人都在黄金周出去旅游度假。国内的旅游限制基本解除了(但国际旅游仍有限制),来大理的游客络绎不绝。他们租着锃亮的轿车环游洱海，坐缆车游览苍山，在自拍农场里拍照。大理古城再次成了摩肩接踵的"战场"，到处都是人山人海。

有些游客来体验远离尘世的生活。黄金周期间，这里专门为他们开设了一门特殊课程，名为"大理隐居生活"，在村里各个人家轮流举办。组织者是"蓝子宫"，这是一个由新大理人安琪成立的女性团体。安琪年纪尚轻，梳着麻花辫，背上文了太极图。她专门给那些想"嬉皮"一点的雅皮士们按摩，还提供健康咨询。这些从城里来的人只需花上几千元，就能享受一周的全套服务，广告说这种服务是"寻求自然生活方式"的关键。

第一天晚上的课程内容是水晶疗愈和打坐冥想，地点在小庆洞村的安琪家楼上，八位中年妇女，身着飘逸长袍，围坐在木地板上，中间点了支蜡烛，蜡烛四周摆了安琪收藏的水晶，尖角参差不齐，指向她们。我来时，大家沐浴在月光之下，像正准备施法下咒的女巫集会。八人一个个自我介绍。她们来自中国各地：北京、上海、昆明、成都等等。有些人提到了离婚，有些人的孩子不在家，有些人只是单纯想离开城市。大家都来到这里，想改变生活。深夜的寂静之中，她们闭目静坐，安琪带领她们冥想，让她们想象水晶的力量。

接下来四天，她们参加了宣传册上所说的各种"大理活动"。在OM山洞，丽丽带大家上了裁缝课，让大家自己设计、裁剪、缝制手包。大家在花园里摘蔬菜，从山上采野菜，然后一起在院里的石砌厨房做饭。安琪的男友是个法国人，长得很像凡·高，他上了一节尼泊尔唱碗课。布米是荷兰人，戴着银锁，在二十世纪八十年代加入过拉杰尼什公社。大家来到位于半山腰的他家里，他办了场茶禅仪式，大家一起焚香。除此之外，这些人还跟银桥村的苏非派引路人一起吟唱，参加了狂欢舞蹈派对，徒步登山，用树叶和羽毛做王冠戴在头上摆姿势，"凡·高"给他们拍照，让他们在社交媒体上有东西可发。

在大理隐居的最后一晚，大家吃完烧烤，回到安琪家里，我和一位名叫凯西的学员聊了起来。她是昆明人，四十多岁，有点腼腆，眼中有种难以掩盖的哀伤。我问她为什么来参加这个课程，她只吐出两字："心痛。"

凯西结婚二十五年，儿子已经上大学了。她抱怨城里的交通、噪声和污染问题，这些我听得耳朵都快起茧子了，但月上中天，更深人静，她谈起了更深层次的问题，她的抱怨越来越深：咳嗽久治不愈，晚上磨牙不停，时常焦虑万分，思维混乱不清，孩子不在身边，心中万千烦扰，而且，她早已不爱自己的丈夫。

"我觉得，他从未真正理解过我，"她低声承认，"我们结婚的时候还很年轻，我感觉他不知道女人需要什么。"三年前，她爱上了另一个男人，但那个男人并不爱她，她决定和丈夫继续维持婚姻。她只想得到关注，却被困在生活中。"我被关在二十一层高的金笼里，还被这个锁住……"她敲了敲自己的结婚戒指。

早上，蓝子宫观光团走了，回到了城里继续生活。

"我不能永远逃避。"离别之际，凯西说。她将回到牢笼中，继续工作，维持没有爱的婚姻。这里不过是她暂避风雨的地方。人们来来往往，大理并非他们永恒的避风港。在这里，他们得以窥见别样的生活，留下照片作为回忆。但住在大理需要花费，而他们自身也背负着责任。此刻，真正的隐居成了不切实际的奢望，这正是束缚我们的现实纽带。

游客在大理度过了黄金周的自由时光。大理欢迎游客重返自己的怀抱。大理旅游业的齿轮在国内生产总值的大盘上转动不停。个人梦想渺小，国家之梦宏大。

二〇一五年一月，习近平主席来大理考察。他探访了大理的滨水地带，站在湖畔村子里，远眺洱海，随后对一同前往的干部群众说了一句话。这句话将深远影响洱海流域的发展。

"一定要把洱海保护好。"

他针对的是水污染问题，特别是洱海的藻类暴发性繁殖问题，这是此行的主要议程之一，理论上来说，也是个不错的倡议。随着大理旅游业的蓬勃发展，所有新建客栈的污水都排入了洱海。在云南省会昆明，滇池已经被一层发臭的蓝藻覆盖。习近平希望洱海不要遭此厄运，并在"绿水青山就是金山银山"的新理念下推行更为严格的环境法规。

我第一次骑自行车环游，这里仍在进行改造。据报道，中央财政出资超过十亿元,对洱海进行保护治理,用大批挖掘机挖出连绵土丘、浅塘清波。已经完工的那块地,绿草如茵,中间有蜿蜒的小路,看上去与其说像原始湿地,不如说像托尔金笔下的夏尔。

习近平视察五年后,洱海水质得到了净化,藻类退去,苍鹭和白鹭盘旋。景色优美的岸边人行道旁,原本是当地人的住宅,现在开了民宿和咖啡店。中产阶级与环境保护的市场力量合二为一。

据媒体报道,村民很期待习近平总书记再来古生村。他们想让总书记看到这些年来这里的变化。

"……洱海越来越清,村子越来越整洁,大家的生活越来越好。"

在其他大大小小、或好或坏的方面,国家的长臂已经伸进了山里。山腰受到保护,禁止过度开采,但管制也越来越严格,当地干部有时会阻止人徒步登山。红字横幅在银桥村拉起,上面写着无微不至的国家叮嘱,与全国其他地方所差无几:

"坚守使命,不忘初心。"

"扫黑除恶。"

"勿忘党恩。"

在同一面墙上,还能看到旧时的政治标语:

"少生孩子多植树。"

"知恩、守礼、诚信、和谐。"

"建设文明大理。"

银桥村最近翻修过的政府办公楼墙上，印着鲜红的社会主义核心价值观十二词，富强、爱国、民主、自由等，一应俱全。我最喜欢的标语是停车场后墙上隐约可见的一句话：

"等待徒劳无益，行动方见希望。"

大理居民的私人生活受到了商业上的侵扰，这在大理古城体现得最为明显。过去十几年，许多私人住宅和庭院式酒吧都已被淘汰。坏猴子酒吧里的争吵声、鸟吧里的嬉皮士、蜥蜴酒吧里安安静静的瘾君子都不见了——这些古老的小酒馆如今要么关了门，要么进行了商业开发，取而代之的是卖珠宝、小吃、民族披肩的旅游商店。政府颁布了新法令，规定所有商店的招牌都要统一采用毫无新意的黑匾金字，模仿丽江和香格里拉的旅游风格。古城的魅力渐渐被同质化，商业也受到监管。

地方层面，一些政策遭到了反对。在银桥村，村民和干部之间的争论是关于水的。从我那些邻居记事起，村里的自来水管就直接接入山泉水。泉水充足，也不要钱，可通过煮沸或紫外线消毒。两年前，水源换成了从外面管道输送进来的水，水经过了处理，含大量氯胺，口感不好，煮沸后还有白色渣滓。村民们怨声载道，纷纷去老青树旁边的井里打水，去寺庙旁的山泉水管装水。最终，当地政府屈服了，接回了山泉水。

土地管理更为棘手。大理的白族村落的土地不能卖给外地人，只能长期出租，当地人没法将其价值转化为资本。留在村里种田的农民越来越少，政府把许多农田租给了大型农业公司，大多是蓝莓产业公司。

改变自己。有时，清晨阳光正好，照在我身上，我似乎感受到了改变——我在大理找到了自己追求的改变，我们都在以不同的方式改变自己。有时，我觉得自己还是老样子。想起多年前，我在柏林火车站看到有个女人穿的T恤，T恤背后写着"人永远不会变"。这句话在我脑海中挥之不去，我也不知道自己究竟认不认同这句话。

一年来，我一直努力改变自己的生活。搬来大理九个月，我终见成效。刚搬来那会儿，我在逃避旧事。现在，我在寻求新生。有时，回过头来看看五年前的自己，我甚至都认不出来那是我自己。那时，我觉得自己在不断变化，无论想不想改变，改变的速度都超出我的预料。但我的内核始终没有动摇。

山峦恒久不移，其变迁唯岁月可知。群山一直傲然矗立在我头顶，在村子后方陡然隆起，宛如给人类的挑战。很多时候，我在院里的藤椅上，在家里的书桌前看着它，做着爬上山顶的白日梦。我好几个朋友都爬到过山顶，就像环湖一样，这是大理的一种仪式。他们说，爬上两千米高的山顶要花六到八个小时，之后还得花三四个小时下山。春天的时候我就想爬到山顶，但一直拖着没动身，后来到了雨季，山路太滑，危险重重，我就没敢爬山。如今，曾经雾气笼罩的森林已全然干燥，我决定接受大山的挑战，在冬天来临之前登顶。

虽然可以用一天的时间上山下山，但我还是想在山顶多留一会儿。于是，我收拾好帐篷、睡袋、羽绒服、煤气炉，准备了晚餐，打算晚上在山顶旁边的峡谷露营，次日继续向南走十公里，然后再下山。

吃完早餐，我背着近四十斤的装备出发了。我先走到离家不远的佛寺，寺里香烟缭绕，我转身走上山路。眼前群峦绵延起伏，我开始登山。

村子正上方是一片梯田，十字路口旁有一排墓碑。我之前和小狗月亮一起跑步时来过这里。这一次，我没有转弯，而是径直向前，穿过坟地，走进繁茂的森林。这条路很好走，是一条深入山中的小道，村民走此道挖大理石，采杜鹃花，砍竹子，割草回去做饲料。山路陡峭，但阳光明媚，微风徐徐，沁人心脾，而我活力满满。

一条小溪穿过小道，我在溪边停下休息，吃了个三明治，给水壶加满了水。这次登山过程中，水不是问题，安全起见，我还带了紫外线消毒灯。整个下午，我都在茂密的松林中艰难前进，小道岔口很多，我用GPS查看自己的进度，还走错了一个岔路，在荆棘丛里摸索了一个小时才走出来。现在，我已经开始后悔自己打包晚餐的决定了——为了放纵自己，我带了半只鸡和一瓶红酒，打算在山顶享用——但我还是坚持了下来。

下午两三点，我到了海拔三千二百米的山峰，这是第一道假地平线。这里，松树逐渐稀疏，我能清楚地看到三阳峰，也就是银桥村正上方的那个山顶，我此行要去的地方。我向下走，又穿过一条小溪，然后往上爬，经过一个废弃的大理石采石场，白色石头层层叠叠摆在坡上。我还遇到了一对来此旅游的中国夫妇，我在这条路上只遇到了他们两人。他们正在拍摄脚下的绵延山谷。因为没时间在天黑前登顶然后下山，所以我继续前进时，他们折返下山了。

最后一段路尤为难走，要穿过一片竹林。茂林深篁，小道狭窄，与其说我在走，不如说在爬。双腿渐渐不听使唤，我暗骂自己负重太多。两个小时后，我有些绝望了，担心天色渐暗，不知道自己到底能否走到山顶。就在这时，仿佛我无意进入了秘境般，小道突然平坦，眼前豁然开朗，广阔水潭在眼前展开，旁边是郁郁葱葱的银杉。我到达了这一天的目的地。

山脊离我还有两百米，我打算在山脊笼罩下的湖畔过夜。我所在的黑龙潭是位置最低的。过了黑龙潭就是双龙潭——那是两个相连的湖泊，中间有一条树木成荫的狭窄地带，我就在此扎营。树林上方更高处，是黄龙潭。据传，这些水潭是龙的巢穴，有些龙作恶多端，有些龙保护山谷，不同的人说的版本各不相同。水从这里流出后汇入山溪，而山溪的水最终会流到下方很远的银桥村，成为我们饮用的水源。

我支好帐篷，生起炉子，天已渐渐黑了。我把带的鸡肉热了热，打开酒瓶，开始享用单人盛宴。头顶，星星颗颗亮起，满天繁星点点，我从未见过这么多星星。气温越来越低，但红酒暖了我的身子，我能感受到疲惫带来的宁静。

晚上实在难以入睡。山顶的气候跟山谷完全不同。夜晚，山顶气温急剧下降，寒风阵阵，当晚气温降到了零下十摄氏度。我把能穿的衣服都穿上了，外面还套了棉衣，然后再爬进睡袋，但还是很冷。我想起春天遇到的村民给我的警告：每年都有徒步爬山的人，没做好充足的过夜准备，活活冻死在山上。帐篷外没有任何声音，这么高的地方，连动物都没有，只有风声呼啸，冷气刺骨。我睡得很不安稳，天还没亮就起来了，这几乎是我人生中最漫长的一夜。

我热了热甜豆罐头，冲了一杯咖啡作为早餐，黎明的曙光照在峭壁上，山峰沐浴在澄澄晨光之中，气温回暖。我从未如此感谢阳光。收好帐篷，我赶紧爬上自己仰望过千万遍的山脊。周围只剩低矮的灌木，脚下是片针叶林。我绕过黄龙潭，登上海拔四千零三十四米的三阳峰。

在此俯瞰，我第一次目睹了大理山谷的壮丽全景。洱海南北长约四十公里，自下关镇延伸至上关镇，大理古城便在其中，村落农田星星点点。隔水东望，山峦巍峨，鸡足山于其后若隐若现。北眺远方，云雾弥漫之中，丽江旁的玉龙雪山隐约可见，距我约二百公里。立于高山之巅，我的内心满是喜悦，回忆起对这一刻的无数次幻想。可最终登上山顶时，一股悲凉却悄然涌上心头。我在此也并没有顿悟，只看到了之前期待过的风景。站在这里，我的第一个念头是：是时候动身下山了。

从三阳峰出发，一条岩石小径一直延伸到邻峰兰峰。我沿着山脊线向南走，经过雪人峰和应乐峰，来到中和峰。这里有座建于二十世纪八十年代的电视塔，走过电视塔，山脉南边的景色映入眼帘。此处有玉局峰与洗马潭，据说忽必烈曾率领大军在洗马潭饮马。再过去就是马龙峰，这是苍山的最高峰，但山势陡峭，无法徒步攀登。过了马龙峰，苍山就开始往下延伸，直到山谷。

我周围是岩石堆、灌木丛——严格来说，应该是高山草甸，稀稀疏疏，被风吹扫。这里有我从未见过的蓝色兰花，还有刮伤我小腿的蓟草。这条路是几十年前在山脊上开辟出来的，因几起意外死亡事故，现已禁止游客踏足。这段山路并不难走，但我还是出现了高原反应：头痛、眩晕、恶心，前一晚喝酒也没起到什么好作用。不过一回到针叶林处，这些症状就消退了。

其实下山的路比较平缓，如果我膝盖没那么酸的话，走起来还是比较轻松的。我走了一段上坡，穿过雾蒙蒙的竹林，仿佛身处精灵王国。小鸟叽叽喳喳，松鼠吱吱叫唤，除此之外，几乎看不到动物的踪迹。我有些在大理待了很久的朋友，看到过野猪和小熊猫，在附近的山上还遇到过麂子和黑熊。

下到海拔两千六百米高的地方，穿过玉带云游路，我碰到了孤身一人来观鸟的女子，她包里放着仿鸟鸣的哨子，脖子上挂着相机。我们悄声聊了几句，她给我看自己拍的白腹锦鸡。然后，她示意我继续赶路，担心我们在这里会制造噪声，打扰鸟类。

我沿小路往前走，大脑处于放空状态。猛然间，一只硕大的黄色鸟儿掠过小路，遁入我身边的树丛中歇息。我只瞥见了它金黄的羽毛和锈红的腹部，它的身体足有一米长。我脑海中瞬间闪过念头：这莫非就是传说中涅槃重生的凤凰？不过后来我确认，这应是难得一见的中国"特产"：红腹锦鸡。

黄昏时分，我回到了家。背酸腿痛，心里却很充实。我成功登顶而归。现在，我坐在院中仰望连绵山峦，对大山有了新的认识。最初，苍山的神秘吸引我来到大理，我一直梦想着站在山巅，想象自己脱胎换骨。现在我已经做到了，无须再寻觅那虚无缥缈的避世桃源。

皓月缓缓升起，于夜空中画出一道弧线，我回想着搬来大理后的点点滴滴。目光紧随月亮，见它越过幽暗林海，攀上暗淡山峰。然而，我寻找的答案并不在云里。我想要的，只在心中。

冬

月升令

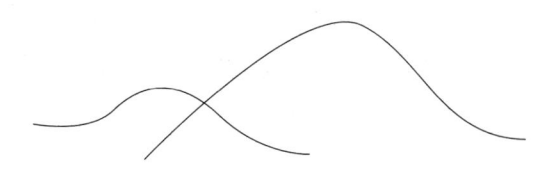

月亮初升，冬意渐至。十月的时候，寒露、霜降两个节气来临，但南方的山谷仍沐浴在和煦暖阳之下。此刻，中午还能穿短袖，但夜里有点寒意。到了冬天晚些时候，初雪将会飘落。四季的轮回将继续。风、花、雪、月，循环不息。

农历九月初九，村里在过重阳节，重阳节也叫老人节，大家在佛寺里摆宴敬老祭祖。只有耄耋之年的爷爷奶奶才有资格去吃席，但我顺便逛到那里去，也有人给我拿了吃的。除了李村长，我是在场唯一一个不到六十岁的人。

立冬在十一月初。十一月是大理最为宜人的月份。雨季已歇，山间郁郁葱葱。秋收既过，气候温和。新大理人骑着自行车，在洱海边玩飞盘，去山上攀岩，在瀑布潭里游泳。到了晚上，皎月高悬，我们在月光下吃烧烤，开露天派对。

此时，我就在世外桃源。我每天做饭烧菜，静坐冥想，打打太极，练练钢琴，在网上给远在几千公里外的北京的学生讲莎士比亚的十四行诗。我在自己的"消逝之钟"乐队中演奏爵士乐,还加入了由外籍人士组成的即兴喜剧团。在孤独中挣扎了几个月,我终于在这里找到了自己的圈子。这种与人的联系——而非最初追求的与世隔绝——让我更快乐。毕竟,我们不是独处的猫,而是群居的猴。

如今,一整天下来,我都不会想起前未婚妻了。我们相隔万里,虽然分手时痛苦万分,但好在一切都断干净了。我的"数字戒毒"的规则之一就是,强迫自己不去关注她的社交动态,过程相当煎熬,不过我挺了过来。也许,我现在已准备好迎接新的感情生活了。

当我跟丽丽开始交往时,我感觉很意外——我觉得自己就像个旁观者。她住在OM山洞,而我家在村子另一边。一开始,我们只是朋友,但雨季结束那会儿,我们的关系超出了友谊范畴。那时,我们一起过夜,要么她穿过村子来我家,要么我去她家。我们开玩笑说这是"走婚",这是云南北边泸沽湖那边摩梭人的习俗,摩梭女性能决定晚上是否让求爱者进自己的房间。

丽丽身材娇小,脾气火暴,眼睛深邃,顶着波波头。她热情、善变、独立。在烹饪方面,她有天分。我俩一起做饭,她给我做了爆炒牛蛙,我试着做了烤蛋香肠。她看穿了我的伪装,打破了我对恋爱的种种固有观念。月光洒满床榻,我们缠绵悱恻,感受彼此间流淌的能量,如同两块相连的电池。曾经的我为了排解孤独,整日沉迷于手机,但此刻,我体会到了真正的情感连接。丽丽和我，就是彼此的港湾。

如师小时候喜欢看金庸小说，希望自己长大后也能过上小说里那种江湖生活，像小说里的英雄一样，成为武林高手，浪迹江湖，不为责任所累，背个包，带根棍，行走四方。但在他生长的湖北小镇，他可过不上这种生活。离开那里之前，他唯一的"浪迹天涯"就是从一个工业小镇辗转到另一个镇，帮人修汽车，下班回到逼仄的宿舍里，T恤上还沾着车轴油。后来他转行做了电子商务，发现自己在这方面很有天赋，于是他开始在淘宝卖电动工具，赚了几十万——这是数字时代的江湖历险记。

二十多岁时，他已完全忘了儿时的梦想。

"我没日没夜地赚钱，"他说，"我不想要自由，只想发财。"他把所有精力都放在工作上，天天坐在电脑前，那块屏幕不断为他带来利润，也助长了他的野心。他贷款，赊购股票，过着入不敷出的生活。债务越积越多，最后欠了几百万的债。后来，生意垮了，他还被客户起诉。二十八岁那年，他从巅峰跌落谷底，宣布破产，然后搬来了大理，因为他听说这是个藏身的好地方。

之后几年，如师开始培养自己流浪智者的气质。他剃了光头，穿长布袍，袍下是运动鞋，还给自己起了这个大理名。如师招收弟子，让他们叫自己师父，把自己传授的哲学称为"流浪的智慧"。这是他自己创立的思想流派，也就是所谓"不在乎主义"。

我们在咖啡馆里聊天,他带着意味深长的笑容,对我说道:"如果你什么都不在乎,那什么都无法伤到你。"这就是字面意思,不要在乎金钱,不要在乎成功,不要在乎家庭,不要在乎朋友,不要在乎责任,不要在乎后果。想做什么就去做。他总结道:"目空一切即自由。"

如师时不时咧嘴大笑,神采奕奕,随时都能蹦起来找到新乐趣。他就像一只蜜獾,在陷阱里摔得头破血流后,他对那个商业世界不屑一顾。

他说:"毫无意义,没完没了。想要这个,想要那个,永不知足。"

现在,他想要什么,就会直接开口,就算得不到,他也不在乎。为了证明这一点,他直接问坐在我旁边的女人要不要跟他上床。

如师反对只跟一个人谈恋爱,他认为,对人类来说,多偶比把自己束缚在一个人身上更合乎天性。他说:"'你是我的'这种话,其实代表着一种奴役关系。"

他说起自己的人生哲学,我却感觉他不过是在逃避责任。他有两个孩子,都是前妻生的,也是前妻抚养的,他"不在乎"孩子的成长。他的意思是从情感上疏离,并不是完全对孩子不负责。然而,虽然如师笑得无忧无虑,却让人觉得他冷漠无比。

他强调说:"独处是最自由、最轻松的生活方式。人与人之间的联系只会徒增痛苦。"

经历了这么多,大师终究找到了自己的江湖。他想做一件事时,不会思来想去,不会顾虑别人,只遵循本能,活出自我,不受约束。他卖自制的酱油、米酒、豆腐乳来维持生计。大多数时候,他就坐在自家的屋顶上喝茶,一根接一根地抽烟。如师在古城附近的一家瑜伽馆里教大家"不在乎主义",还开办了一系列"生命之觉醒"讲习班。

有节课,如师在身边放了许多健身球,他在垫子上盘腿而坐,劝说形形色色的听众:"放空大脑吧,抛下记忆,丢掉面子。"他还扇自己耳光来佐证自己的观点,"活得像个三岁小孩,把每分钟都当作新的开始,做计划毫无用处。我们只是渺小无比的蚂蚁。不在乎就是自由,不在乎才为智者。"

大理的观众已经习惯了看人自称大师,而这位大师的观众则分成了两派。前排那些人把他的每句话都奉为圭臬,但在后排,一个中年男子听他讲了半个小时后,站了起来,边往外走边嘟囔"真是够了"。

不过,虽然他总是装腔作势,我却很难不喜欢他。他总是咧嘴笑,穿着假僧袍,在房里一刻也不安分,扭着屁股,向我们展示怎么才能摆脱尴尬。我试着不去评判他,况且至少他说的话还是有些道理的。他的世界观糅合了佛教的四大皆空、道家的乐天安命、伊壁鸠鲁主义的简单快乐,以及斯多葛主义对摆脱烦恼以获得精神自由的追求。

新大理人都在以自己的方式追求如师这种自由,挣脱城市、事业、社会或思想的牢笼，获得自由。对他们来说，自由就是自主选择的能力：可以辞职，可以离开伴侣，可以搬家，可以留下，可以逃离。

然而，我发现，自由过度也并非好事。有人逃到大理，仅仅是为了躲避责任，放弃抱负。但责任和抱负才是推动我们进步的力量。比如如师，他抛下了债务，抛下了妻儿，独自一人过起江湖生活。其他逆向移居者要么已经彻底脱离了原来的生活轨道，难以重新融入，要么只追求享乐，毫无节制。但自我约束也是一种自由，以免我们沦为欲望的俘虏。

我开始看到大理的阴暗面。这里到处都是逃避过去的人。这里是舒适圈，远离更大的世界，也远离了所有的关系与责任，远离了世界的意义所在。但那些束缚我们的东西，其实也让我们变得更强大。束缚之下，也有自由。没有束缚的自由，何尝不是一种枷锁。

进步就在身边。银桥村不断发展，国家愈发富裕，逆向移居者和其他游客涌入山谷——这些人逃离城市来到大理，却让大理变得更像城市。

树与田精品酒店已经开了分店，就建在旁边村子北段的玫瑰田旁。政府在两村之间的农田里架起了木栈道，中间还有个可眺望洱海的平台。木栈道一端的白族人家在破旧的玉米酿酒厂打工，艰难度日；在另一端，一位身着马甲、头戴平顶帽的酒店员工像狄更斯小说里的人物般，站在荷兰纯血马和维多利亚风的马车旁，准备接待客人，引领客人走完最后一段路，到达客房。

有些当地人觉得这些变化是好事，让村里更富裕了。许多石砌农舍被拆除，现代砖房拔地而起。我们又有什么资格要求村子留在过去呢？但其他人，比如八十岁的老人李观宇，仍然在自己简陋的房子里劈柴生炉，他家旁边就是儿子建的三层水泥楼房。李观宇在后半生亲历了中国几十年的飞速发展，他还是很开心的，现在餐餐有肉、烟斗常满。但他不明白，为什么在这个过程中，他儿时所在的村庄的特色非得被破坏掉。

村里许多小径都被改造成了水泥路，虽然这一定程度上牺牲了观赏性，但确实方便了车辆进出。村子最上面那条紧邻群山的小路，也重新修了，但并没修成水泥路，而是铺成了意蕴悠悠的鹅卵石路，供游客骑马游览，新村长喜欢称之为"茶马古道延伸段"。路旁还建了一个崭新的公共厕所，建好后就上锁了，游客到来之前，此处不开放。

这些变化，或者说这些进步，在全国上下的农村地区都在发生。习近平提出的"乡村振兴"战略，旨在将发展成果惠及广大农村，实现城乡共享。就在上个月，官媒宣布中国"脱贫攻坚战取得决定性胜利"，最后一个贫困县成功摘帽。与此同时，"厕所革命"不断推进，它要求每个村庄的公共厕所数量都要达到一定标准，而银桥村也迎来了这场革命的浪潮。

对我们这些从城市搬到农村的逆向移居者而言，从某种程度上来说,这种发展"福音"正是我们要逃离的。然而,在抵制它的过程中,我们也在逆流而行。我们憧憬田园诗般的完美乡村生活,但我们带来的资金流却正在把这里变成另外一番模样。我们来这里是为了寻找属于自己的改变,可当村子开始改变时,我们退缩了。其实,在中国,一切都在不断变化,没有人能够抵挡。

外面的世界似乎更糟。冬季,第二波新冠病毒开始肆虐。美国大选争议不断,民主根基备受质疑。英国保守党丑闻频出,虚伪行径令人心寒。澳大利亚山火熊熊,印度洪水肆虐,地球在抗议人类的恶劣破坏。有时我在想,我离外界这么远,也许情况没那么糟糕,只不过被媒体过度渲染了。现在,我更想隐居山中,避开一切纷扰。

就连星空也预示着一些事情。今年从天文角度来看也是忙碌的一年:刚刚发生了一次月食,不久前还有一场流星雨,照亮夜幕。冬至当晚,土星和木星将在夜空中重合,在亚洲地区看上去就像一颗格外明亮的星星。新大理人中的占星师深信,这预示着麻烦与变革。依照中国黄道十二宫,这是庚子年又一个不祥的预兆。每六十年一轮回的庚子年必有大乱,但蜕变的契机也在其中。

归根结底,周围变化不断,我们唯一能掌控的就是自身行为,唯一重要的空间只有我们的内心世界。对我来说,改变自身之路仍在继续,虽然缓慢得令人痛苦,却也有所进展。我躁动的内心渐趋平和,能够乖乖听话了。新习惯悄然生根,旧习至少也有部分有所改变。在自己的信仰中,我找到了喧嚣尘世中的一片宁静。若内心安宁,即便外界动荡,我也能泰然处之。

仲冬来临之际,在列出道德清单、挖出性格缺陷后,我的十二步计划进行到了下一阶段:弥补。现在我觉得,此计划的意义不仅限于戒瘾,这是一门自我帮助的课程,任何人都能从中受益。我列出了每个我曾以某种方式或多或少伤害过的人,随后制定了尚不完美的弥补方案——当然,前提是不会在弥补过程中进一步伤害他们。有些计划十分容易,比如简单道个歉,或承认过错,或还债,或表明自己愿意通过行动改正错误。但大部分的计划,都是暗自下决心,绝不重蹈覆辙,今后对他们更好。直面这一切并不好受,但这正是意义所在,要让我放下骄傲。

圣诞节前一周,在自我宽恕的殷切期望中,我烧掉了那张清单。我打电话,发信息,还钱,直接道歉,或用别的方式弥补。这简直是一份苦差事,就像我刚搬进院子时一样,让人难受,只想快点结束。但我"打扫"得很彻底,最后,"房子"焕然一新,"水管"中的"污垢"都清理了,"院子"也清扫干净了。至于他人有什么反应或感想,与我无关,那是他们自己的事。但我确实发现,想到别人,想到他们受到的伤害,我不仅更感同身受,也更开心了。我不再后悔,而是接受这些。一切结束,我自由了。

冬至那晚,我炖了羊肉带到 OM 山洞,和丽丽在里屋围炉煮茶，相依取暖。深夜，我仰望苍穹，只见空中绽放新的亮光：木星和土星重合，西南方有一颗璀璨明星。有人说，两千年前正是这两颗行星交汇成了伯利恒之星，引领三位贤者寻至耶稣诞生的马厩。它的亮度不逊于上弦月，指引我回到了港湾。

我在大理的第一年，天体运行轨迹成了我的时间坐标：月亮的盈亏、太阳的至点。渺小的我被置于宇宙之中，对它而言，我的存在还不足一毫秒，这种想法让我有种莫名的解放之感。宇宙的恒定不变让我用正确的视角去看待周围一切变化。也许我认为至关重要之物，其实微不足道。这也是一种自由。在一年中最漫长的黑夜过后，夜晚开始渐渐变短了。

大理的冬日气候只是看似温和。这里的纬度与卡塔尔接近，十二月，也就是农历十一月，白天气温宜人，但此处海拔较高，夜晚空气仍然寒冷刺骨。

大理没有供暖，大家只能自己取暖。我们在床上铺上电热毯，家家户户冬天都烧炉子。科学之家有自制的火箭炉加热器：内外两个钢桶将热量输送到一张能暖屁股的长凳里。OM山洞有个藏式火炉，上面煨着水或汤。我们很多人都在自己院子里生火，晚上围在一起。我发现了一口被丢弃的烧焦的铁锅，把它捡回来支在石头上，自己做了个火塘，在隔壁柴房砍柴火来烧锅。

之前，我按中国历法和节气过节，记录四季变迁，如今终于到西方的圣诞节了，我非常兴奋。如果是在平时，我会回牛津老家与家人共度佳节，有熟悉的圣诞装饰，有火鸡和肉饼，会玩大富翁游戏。但今年，疫情肆虐，航班停飞，我回不去，正好和新大理人中的其他外国人一起，在云南农村共庆圣诞。

虽然大理奇趣无穷，但我还是容易想家。我交了些新朋友，但除了炸炸之外，其他人与我相识都还没满一年。如今科技发展，我只需按几个键，就能见到朋友家人，可关掉手机，我却觉得离他们更远了。我和丽丽在一起了，可夜里，我还是会想起前未婚妻，想起我们在北京和国外共度的时光，想起去年我们回家过的圣诞节。

平安夜那天早上，我应邀在一所新式学校扮成圣诞老人，因为他们希望由白人来扮演这个角色。我在淘宝上买了一套便宜的圣诞老人服装，"呵呵呵"地进了学校，一进门，一群孩子就围住了我。他们一下子把我撞倒在地，扯我肚子下面的垫子，声嘶力竭地揭穿我是个冒牌货。我向他们扔了一大把糖果，分散注意力。之后，被打败的圣诞老人唱了几首颂歌，给他们上了一堂简短的英语课，随后退场。

那晚，我在家里设宴招待客人，这是我搬来之后第一次在家开派对。我的母亲是波兰人，在平安夜守夜是家里的传统：第一颗星星现于夜空的时候，我们要吃鱼，配上罗宋汤。次日的圣诞午餐，我得带上烤肉去朋友家里，也就是说，从中午到傍晚，我都得忙个不停。

第一件事完全是狄更斯会写的事情——杀一只鹅。养蜂人李叔叔在自家农场里养了几只鹅。我穿着山寨圣诞老人的服装，跑来跑去抓住一只，把它拎回我家院子。这是我第一次宰杀家禽，我在谷歌上搜了许多杀鹅方法，最后决定用磨得锋利的木斧迅速砍杀。成功杀鹅之后，我把它焯了水，拔了毛，院里溅上了喜庆的深红色。这是我的战利品——一只卤上一夜的鹅。

多亏网购送货——这少了些狄更斯的味道，我买了挪威熏三文鱼放在冰箱里，用于制作守夜餐。不过，我还需要一种关键的新鲜食材：甜菜根。幸运的是，银桥村附近有个名叫"追寻天堂"的移居者农场种了一茬甜菜，我去采了点，顺便拔了点有机小土豆，还有带着泥土的胡萝卜。我把甜菜根去皮切碎放进汤锅，我这个圣诞老人看着就像谋杀犯罪嫌疑人，手里拿着带血的斧头作为罪证。烤箱里烤着蔬菜，锅里煮着罗宋汤，院里石桌上摆好了三文鱼，我刚准备好，朋友们就陆续来了。

盛宴开始之前，我必须遵守的最后一个波兰习俗是掰圣诞白饼，也就是天主教的圣饼。但我没买到这种圣饼，只好用在村里便利店里买的便宜的杏仁饼干代替。我们互相掰着饼干，试着用波兰语说"圣诞快乐"——Wesołych Świąt，这是母亲教我的。抬头仰望，暮色苍茫，第一颗星星终于闪烁——该吃饭了。大家喝着葡萄酒，边吃边聊，聊到很晚。然后，我们在院子的火堆旁边取暖边烤棉花糖，在摇曳的火光中，我趁大家没注意，用脚把一串鹅肠踢到了看不见的地方。

圣诞节早上，我去大理的天主教堂参加传统弥撒，途中路过耶稣在洱海边被钉死在十字架上的壁画。弥撒由一位面色红润的神父主持，仪式中要诵读《圣经》，用普通话演唱圣诞颂歌《平安夜》，领圣餐的时候甚至还有圣饼，我大为懊恼，自己竟然没想到来教堂买一些。我坐在长椅上，旁边绘有耶稣诞生的场景，虽然画中的马利亚和约瑟夫看起来明显是中国人，但我还是放下了对这个教堂几乎所有的质疑，想象自己回到了家乡。在教堂会众中，我是唯一的外国人。

仪式结束，我匆匆赶回家，从冰箱里拿出卤好的鹅，用花园里的香草擦了擦，然后把它放进烤箱。丽丽也过来帮忙做饭，我们准备了一桌丰盛的菜肴。下午三点左右，我们穿上圣诞老人的衣服（上面的鹅血已经洗掉了），把烤好的鹅送去我们的朋友艾米丽家。她是波士顿人，在大理开了一家进口食品店。我们十几个形形色色的人一起坐在露天长桌旁，沐浴在云南的阳光之下，桌上摆着我送来的鹅肉，还有一只火鸡，三种土豆泥，一盘盘时令蔬菜。这是场感官盛宴。夜幕降临，"圣诞老人"不得不躺在楼上，陷入"饭困"。

如此，我们既不用太思念家乡，又能过上圣诞节。在国外，成功举办圣诞节总是令人愉快的事。与城市居民不同，银桥村的一些村民根本不知道这个西方节日是什么，隔壁的杨奶奶也是如此，她迷茫困惑地看着我穿着毛茸茸的红衣服跑来跑去。但在几千公里之外重现家乡风俗并不容易,这里毕竟不是家乡。我已经很久没和家人拥抱了。

圣诞节和新年之间的一周是时间停滞的无人之域。这一年暂停了,重启新的一年之前,是自我审视的时机。地球环绕太阳一圈,一年过去,变化太大。一年前,如果我问自己现在会在做什么,我怎么也不可能想到,自己会扮成圣诞老人,在云南的村子里杀鹅。但这恰恰说明我多么无知——预测未来毫无意义,未来的轨迹高深莫测,无法预料。

元旦夜晚,新大理人举行了一场野外狂欢。之前的组织者走了,从成都来了一批新成员,接替了他们的位置。现场有一个火坑,一个劲舞区,还有一件宇航服,像怪诞的稻草人一样竖在场地中央。有人计划好,在派对上用火点亮大字"嫁给我",最终求婚成功。午夜倒计时开始,满月皎洁,气氛高涨。

我并没参加。今年我参加的派对够多了,所以提前走了。回到寂静村庄,我敲开了 OM 山洞的门,丽丽让我进了屋。头顶苍穹,星斗徐移,薄云缭绕,月色倾洒在庭院。至少,月仍是家乡月。

阳历二〇二〇年已成过去,但农历的二〇二〇年还剩一个半月。到了阳历一月中旬,农历二〇二〇年终于迎来了最后一个月:腊月,因古代祭祀仪式而得名。腊月的第一个字也是腊肉的"腊",人们都在这个月用盐腌猪肉,这样在春节结束时就能吃上腊肉了。当地每家餐馆的梁上都挂着这种云南特色火腿。我自己也试着用盐腌了块猪肩肉，用绳子把它挂在院里梁上，腌肉慢慢滴着汁水，小狗月亮在下面垂涎欲滴。

之后，初雪降在山上，却未至山谷，山峰白雪皑皑，山谷只有薄雾。李观宇叼着烟斗，跟我说，过去，苍山一年有半年时间都被积雪覆盖，但近几年，雪下得越来越迟，初春雪化得越来越早，有些年份甚至没下雪。有本图书把探险家约瑟夫·洛克于一个世纪前拍摄的照片与近期的照片进行了对比，可以看出雪线后退十分严重。我穿着靴子踏进初雪覆盖的山峰，细雪齐膝，我很是享受。

新大理人又开始冬眠了。我发现，他们在村里的时间越长，出门的次数就越少。有位名叫书宁的妇女是十年前搬来这里的，她自己一个人住，很少出门，在里屋里忙着调制香皂精油。

她说："我就喜欢有时间做自己的事情。"每年此时，她都会清理手机里的联系人列表，删除去年没见面或没联系的人。她微信有七十九个好友，而我有两千九百三十六个，但其中大部分人我都不认识。"世界上人太多了，"书宁说，"有时，我觉得离他们越远越好。"

过去一年，我结识的每一位新大理人都有自己的发现，找到了新的生活方式。每个人都出于自身原因来到大理，寻找私人空间，逃离现代化城市，在云南的阳光下，在自己的那块草地上躺平。

最初吸引我来大理的摄影师炸炸还住在三文笔村，他在村心小庙旁租了一小块地，开了咖啡馆和鸡尾酒吧，我们坐在外面的长椅上，抬头看着古代国王所建的三塔，他就给我们倒酸酒。他有时还是回北京工作，回来后跟我们说，北京的文化艺术日渐式微，夜生活越来越少，而这些正是曾吸引他前往北京的因素。

客栈老板果壳卖了城里的房子，搬到大理，再也不回去了。

他跟我说："我的人生已经翻页了。"果果在这里很开心，每天都在外面玩。他和其他家长一起，按计划创办了新式学校。他们把农田改造成了一个户外教室，里面有沙坑、蹦床、攀岩墙、鸡舍，学校里音乐舞蹈等活动应有尽有。果壳家在灵泉溪畔，他整日画画，打理果园，修补这座静谧的府邸。

退休的周老师和陈医生照料花园，浇灌玫瑰，收割庄稼，准备迎接漫漫冬日。银桥村其他地方也在开始新的生活。OM山洞的前住客乔莉在银桥村开设了嬉皮庭院，面向城市游客，开办有偿静修活动，包括萨满鼓圈、佛教密宗等课程，还让孕妇到她的院子里自然分娩，不用任何药物。我在附近散步时听到尖叫声，这才发现了这点。

想效仿李子柒在大理拍视频走红的视频博主——在发布有关新式学校的照片和视频，这是她自己创办的学校。彩虹农场的美丽看着这些创业者来来去去也不甚在意，看见自己的冬豆长成，就心满意足了。李叔叔的蜂蜜丰收，塔罗占卜师云在古城街道上开起了小店，满身文身的佛教青年云龙只想安安静静地在山上吹笛子。

对这些新大理人来说，农历最后一个月是回顾过去、计划未来之时，是总结在新家园的变化经历之时。

但道木匠的房子被吹倒了。那是阳历一月底，夜里狂风阵阵——这是深冬的第一场风。这位木匠兼哲学家花了近一年的时间修建木屋，马上就要入住了。屋顶和墙都已搭好，脚柱很稳，上面的平台很安全。但在底下，夏雨的湿气腐蚀了脚柱木梁。只要狂风肆虐而过，整个建筑就垮了，无法挽救。

道木匠从梦中醒来，面前满目疮痍，但他并没太大感觉。房子倒了，他还会再建。过了不久，我去看他，他已在收集废料，准备重建，还要建得更好。

他说："其实，我并不在乎有没有个房间……只是想找点事做。"他喝了口茶，又开玩笑说："就算没被吹倒，也许我也会把它拆掉，这样我就又能建木屋了。"他在乎的不是达成目标，而是过程中的快乐——这就是道木匠的道。

一周后，我去看他，他不在家，原来是去了鸡足山，做了居士。他和如诚大师是老朋友，两人是以前在大理一起泡吧的时候认识的，道木匠现在正在放光寺旁边的森林里露营，体验僧人生活，但还没想好是否要出家。如诚给我发短信，说他知道道木匠放不下俗世生活。（"他太喜欢喝酒了，喝得太多。")但道木匠想要的只是开启新生的空间,寻求平静之心。有时候,我们也需离开自己的隐居之处,寻求真正的改变所在。

鼠年的最后几周,很多新大理人都在讨论离开大理,有些人走了几个月又回来了,这些人就是"候鸟"。也有些人说要离开大理,再也不回来了,但始终没有行动。还有些人则完全放弃了隐居之梦,夹着尾巴回了城市。

刚开始,我还很惊讶,想不通那些冲劲满满逃离城市的人怎么突然要回去了,但我渐渐明白,这也是大理自然更迭的一环。刚搬来大理时,人们满怀憧憬,觉得这会是自己的归宿——一个可供扎根栖息的世外桃源。可人心总是向往新奇,厌倦平淡。当光环褪去,人们渐渐对其祛魅,发现眼前现实与心中的愿景大相径庭,幻想破灭。又或生活的重压逼近——农村生活也需花费,但在此赚钱却很难。这种不安情绪让逆向移居者涌向大理,但也是这种情绪,最终让他们重返城市。我在大理的日子渐长,参加的送别派对也越来越多。

刚假结婚不久的苏和就是其中之一。婚礼结束,他离开了家,只觉得更焦躁不安。他和男友分了手,搬去了无为寺下面的一个合租院子"大理林"里。这是个派对之家,有滑板坡道、临时游泳池、柔术道场、画着科幻巨龙的迷幻壁画,还有个火坑,他们每晚都围着火坑喝酒抽烟,唱曲哼歌,直到凌晨。过去几年,苏和搬来搬去,但都住在这样的院子里,可现在他觉得自己漫无目的。他日日酗酒，之前对在大理的自由生活的兴奋已然消退。

苏和说："在大理的生活如同烟花绽放，现在，烟花正在消逝。"他刚过完二十七岁生日，突然觉得自己在这里的存在很幼稚。他审视自己的生活，发现其与自己成长的大草原一样，空荡一片。他日日酗酒，夜夜上床，聚会狂欢，填满时间，可思绪仍在脑中纷扰不休，这是他自食其果。是时候寻求新生活了。

"大理就像个黑洞，把你吸进来，难以自拔。在这里，你察觉不到自己在原地踏步……它就像虚幻的泡沫，"他换了个比喻继续说，"让你变得脆弱不堪。"

他在这里待得够久了，看着新大理人来来去去，更替不息。正如他所说："一千人葬身大理。"但这次，他实在太想搬走了。

他打算回内蒙古的阿拉善，婚礼上叔叔送的两头骆驼就在那里等着他。他想骑上骆驼，想和同学们一起喝酒，想找一份工作，挣点钱。这意味着他要回到主流社会。他已经编好了词，就说"妻子"梅兰妮回了荷兰。以后，他想彻底离开中国，搬去欧洲。其实，他只想重新来过，追求新生。

"大理如梦，终有醒时。"最后，他说。

大理成了中产阶级逃离城市的目的地后，这种来来去去只是寻常。早在二〇一三年，就有一对北京夫妇辞去工作，搬到大理，在博客上写了自己搬家的文章，红遍全网。

文章中写道:"我们只想在一个依山傍水的地方隐居起来,去讨一个清静的日子、一口新鲜的空气、一壶雪水泡的香茶、一顿天然食材的饭菜。"

两年后,他们的书《离开北京去大理:和喜欢的人,做喜欢的事》在中国出版。但那时,他们已经回北京了。北京有个工作机会,所以他们在大理只待了一年出头就搬了回去。

她的博客粉丝量多达十万,为了向粉丝解释,她在博客写了一篇文章:"……生活仍在继续,无论在哪儿,都还是要好好过下去的。再见了,我亲爱的大理……有时间回来看你。"

离开的新大理人,有许多回了城市,但也有一些人逃进了更深的山。大理的商业化程度越来越高,最初来大理的嬉皮士们找到了更偏僻的藏身之处。他们去了沙溪,那里山峦起伏,溪水潺潺,是茶马古道往北的下一站。也有人在丽江附近,在玉龙雪山脚下的村庄租了院子,植物学家约瑟夫·洛克就在那里酝酿出了香格里拉的神话。OM 山洞前租客阿洛奇在长江上游的第一道弯附近建了自己的隐居之处,她在高山上搭了个木屋,没通路,没信号,只有风沙沙作响,房梁吱吱嘎嘎。在此,她能安心冥想。

有些人想走,却又走不了,比如丽丽。她习惯来来回回,离开大理一段时间再回来,像候鸟一样。她想再次踏上旅程,背包周游印度、尼泊尔、马格里布,或拉丁美洲。但行程被疫情所限。有时,大理如同美丽的牢笼,群山便是牢壁,将她困住。但有时，她又不想去其他地方。

我在科学之家的邻居说他们明年要搬走，这简直是一个时代的结束。我的院子就是从这对澳大利亚华裔夫妇手上租的，后来他们开了面包店。他们想搬去只属于他们自己的家，所以打算从这座杂草丛生的破旧院子搬走——多年来，这里曾住过许多人，也承载了无数回忆。但他们并未走远，只是翻修了旁边村里的一间牛棚，装了扇大落地窗，群山美景尽收眼底。

后来，我见到了一个由雅皮士变成嬉皮士的中国家庭，他们将搬来科学之家。阿钟来自中国大城市重庆，曾做过日内交易员，当过经纪人。他刚满四十岁，长发用头巾束起，面色红润，如孩童一般。二三十岁的时候，他一直在中国股市的起起落落、变幻无常中谋生。他破产过三次。结了婚，又离了婚。

他用英语跟我说："我意识到，我得彻彻底底重新思考人生，想想对我来说，什么才是最重要的。"

有一年，阿钟在泰国旅行，结识了一位中国女子，两人坠入爱河。现在，他们带着他头婚生的六岁女儿哟哟搬到了大理。他不再整日研究股票，转而在木制工作台上工作，学习芳香疗法，在山上采野菜，找树枝，然后晾干，煮沸，蒸馏成精油，他做出过柏树、雪松、艾草、桉树、茴香、迷迭香、茉莉、檀香、丁香、柠檬草制成的精油。这些昂贵的精油可以滴在铺枕头的丝巾上，涂在皮肤上，放在房里或车里挥发,"把森林带进车里"。

阿钟是新大理人的典型代表——他不是二十多岁偶然闯入香格里拉的背包客,而是四十多岁、有家有业的"波希米亚资产阶级"的代表。

他说:"没有责任感的自由不是真正的自由。嬉皮士只顾自己狂欢,这并不好。真正的自由是养活自己和家人。"

大理的中产阶级也在循环更迭。面向新大理人的时髦咖啡店和餐馆如雨后春笋般在大理涌现。这里的网民越来越多,他们一起创办了名叫大理汇的共享办公空间,还有专门的远程工作博客。那些加密货币爱好者也来了大理,还定期举行聚会,他们之前甚至打算办一场Web3研讨会,但失败了——颇具讽刺意味的是,会议最终分散到了不同的地点举行。大理曾遍地都是嬉皮士,如今他们正被咖啡师和加密货币从业者所取代。

欣慰的是,即使我们中的一些人离开,也会有其他人来填补他们的位置。越来越多的人涌入大理,每当城市封控稍有松动时,那些不堪疫情及其防控重负的人纷纷选择迁居至此。

离别与抵达的轮回,恰似季节更迭。对有些人而言,大理是永居之地,而对另一些人而言,大理只是旅途中的一站。旧友渐渐离去,新人接踵而至。恰如冬天过去,人们终将再次迎来春天。

春节是中国的农历新年，这一年是阳历二月十二日。为与太阳年相协调，上一年多了个闰月，所以这一年春节比上一年提前了。我搬到大理以来，已经过了十三个月，年轮又多了一圈。

时间的流逝总是让人产生错觉。刚来这里的几个月，日子过得无比漫长，痛苦如同苦修者身上的粗毛衬衣一般包裹着我。后来，我渐渐把心思放在对大理的探索之旅中，几周的时光又像数日般飞逝。以前我听过记忆的新鲜度会影响对时间的感知，所以有时觉得它飞快，有时觉得它很漫长。过去四季中的某些时刻，在我的记忆中仿佛是一段持续很久的经历。

不知不觉中，鼠年已到了最后一天。午夜时分，鼠把接力棒传给牛，在生肖排行的比赛中，鼠正是搭上了牛的背，才夺得第一。

牛年是我的本命年，这是一个充满挑战、机遇、成长的年份。十二生肖有十二种动物，所以本命年会在一个人十二岁、二十四岁、三十六岁等时候到来，形成一个循环。我生于一九八六年一月，正是"牛尾"，所以本命年在我满三十五周岁过后不久就到来了。上个牛年，也就二〇〇九年，我在中国度过了第一个农历新年，当时我还是个初出茅庐的毕业生，在北京大学学习中文。

十二年前的那个春节，二〇〇九年，我在青海省的藏区山村度过了寒假。二〇〇七年的夏天，我第一次来中国。我当时的女朋友是乌克兰人，也在北京学中文，她送了我一条自己绣的红腰带作为新年礼物。她解释说，按照中国习俗，本命年要穿红，趋吉避凶。我们爬上村后高高的山脊，在风中接吻，长发纷飞，缠绕交织。那是我的初恋。

十二年后，我从衣柜里掏出那条红腰带系在腰间，准备迎接又一个牛年，我想起了她。我想起她浅金色的发丝拂在我的脸上，想起她脸颊的红晕，她凌厉的眼神，她说话的音调。我们谈了三年恋爱，直到二〇一二年的闰日，我们在伦敦分了手。那年年底，我回了中国，四季更替轮回，过了很久，我才走出来。但现在，我把腰带系好，回想那段感情，只感到喜悦，起码，我们共度了一段时光。

现在，十二生肖再次轮回，又是一个本命年。我再次坠入情网，第二段恋爱，第二次心伤。我忆起前未婚妻的面容——她的欢声笑语，她的好奇灵动，这再度勾起我失去她的痛苦。但那些初时的伤痛已经结疤，我释怀了。我心中升起一丝希望，期盼自己变得完整，重新去爱。再过十年，也许我会想起和她在一起的岁月，就像如今回想起和初恋的时光一般。时间既能扭曲，亦会治愈。

而且，还有事情要做，要扫院子、倒垃圾、剪头发。我打量着我的院子，这间山地工作室，一股暖意涌上心头。我发现，经过一年的改造翻新，这儿已是我理想的家。

最后一个月的最后一天，按习俗，我们得撕下褪色的对联，在自家大门两侧贴上新的对联。邻里已纷纷换上了金墨书就、字迹娟秀的新联。这些对联皆出自村中一位书法大家之手，他自己制墨。我前去拜访，他刚好在家，是位胡子花白的白族爷爷。我想试试自己写对联，他给了我几张红纸，及一杯调和了汽油，易于晕染的金墨。

回到家中，我把毛笔蘸上墨汁，落笔书写，笔锋随心意转折，压力微妙变化，让字迹充满勃勃生机。在一位中国朋友的帮助下，我选定了两个五字佳句作为对联：

高山升灵气
沉水下静心

待墨迹干透，我把这两幅竖着写的对联贴在了大门两侧。在对联中间还倒贴着一个"福"字，这样一来，我的院子就为迎接新一轮四季更迭做好了准备。

该出门了。隔壁的科学之家正在举办新年晚会，这也是他们对院子的告别之宴。他们所贴的对联更加直白，且带几分讽刺意味："日渐富足，随心所欲。"此时，窑火已旺，大家已经开始动手制作比萨了。丽丽和OM山洞其他住户也在这里，合租院子的人都聚在一起。我躺在他们家的破旧沙发上，看着瘸腿狗幸运在我们中间拖着腿兴奋地来回穿梭。就这样躺平，无所事事，只和朋友待在一起，真好。

夜幕降临，我去了三塔那边的三文笔村，刚搬来大理的时候，我就住在这里。瑜伽老师雅玲，她的哥哥柠檬，还有我的朋友炸炸都在三文笔村。我们一起包饺子，把猪肉韭菜馅填进饺子皮，折皮捏边，把饺子捏成月牙状摆好，就如一排排小月亮，然后倒入锅中，煮至熟透。

他们还叫了别的朋友，我们一起尽情吃喝：有炖肉、蒸鱼、汁水饱满的饺子、鲜嫩的蔬菜，还有烈酒助兴。午夜时分，我们在院中放了一箱烟花，然后点燃引线，跑上屋顶。烟花呼啸着从我们眼前飞过，在三座古塔那边的天际线上方绽放。今夜无月，但塔后洱海闪着光芒，映照着千家万户点燃的烟花光华。湖后，朦胧群山沉着淡然，静静看着人类这转瞬即逝的烟花盛宴。

我想起一年前的烟火，那是在去年冬天。那时，我的生活需要一场"爆炸"。一年是一个小圆，而今，我又来到了终点——也是起点。蓦然间，我感觉生命中的每个瞬间都在这一刻交汇融合：过去、现在、未来共存。在这个时间与空间交织成的统一体中，所有的点到我所站的中心位置的距离都是相等的。

这场烟花，这一刻，这一年，也将成为回忆。总有一天，整个大理都将化作回忆。身在此处，我仿佛被怀旧的浪潮席卷，如同未来的我在看着此刻的自己感受这一切。无论如何，我们所做的一切都是在为未来留下回忆，为即将到来的新时光创造回忆罢了。

后记

又 一 年 春

The Mountains Are High

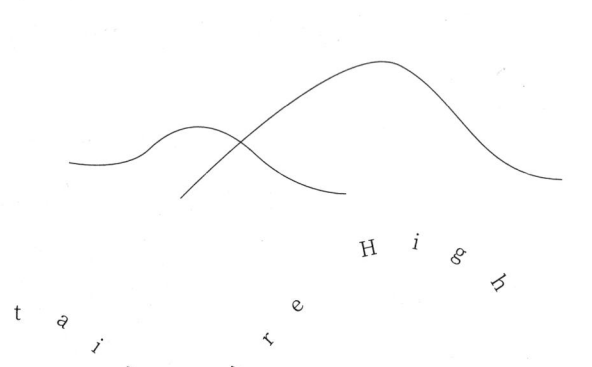

山上再度充满生机，呈现出鹅黄、青灰等各种色调。新芽的嫩绿点缀在松树林浓郁的翠绿之中。亘古大山不在意今夕何夕。它的嫩芽、灌木、花瓣、枝叶只在乎气温回暖，只在乎随着地球向太阳靠近而形成的自然循环。森林只知，又是一年春。

我也有同样的感受。这是我在大理的第二年。在地球日那天，我踏上穿过幽谷的玉带云游路，一路上攀高、穿行、下行，全程二十五公里。眼前，洱海波光粼粼，身后，苍山绵延起伏，一直延伸到我去年秋天登上的那条崎岖山脊。脚下，从下垭口到上方沼泽地，农田一望无际，村庄星罗棋布，大理古城坐落其间。山峦上覆盖着条条雪脉，宛如正在融化的冰激凌蛋筒。空气清新宜人。

这就是新大理人的聚集地，他们从城市搬来此处，寻找一种全新的生活方式。有些人找到了他们想要的东西，有些人却永远也找不到。有人留下，有人离去。无论初衷如何，岁月总会改变每个人。

大理也改变了我，哪怕只是为我开启了一扇新的视角之窗。我找到了更加自给自足的生活方式，自己种菜，打理内心的花园。用比自己更伟大的事物填补内心空洞。去感受伤痛，去治愈创伤。懂得伤痛，从中成长。放下执念，达到平和之境。

我明白自己不会永远留在大理，我知道这里并非真正的乌托邦。我更高的目标是，即便身处车水马龙、喇叭声此起彼伏的喧嚣之中，或是面临重大危机时，我仍能守住内心平静。我已经开始怀念城市的嘈杂喧闹。在香格里拉或桃花源的传说中，主人公最终都选择了离开，我也并非一定要留在这里。但此刻，春风拂面，阳光穿透树冠，松针和雨后泥土的香气从大地升腾，我想不出还有什么地方比这里更让我向往。

玉带云游路正中是凤眼洞。它位于峭壁之上，周围长满了灌木和蕨类植物，入口处的两条缝隙通向一个深邃的洞穴，洞穴宛如向外张望的巨鸟之眼。在一次事故之后，此地不再对外开放，且有消防护林站把守。不过，我可以蹲下身来，偷偷绕过他们。穿过石拱门，是一片荒废的野餐区，杂草丛生，青苔遍地，宛如秘密花园。

变质岩构成的岩壁在我头顶高高耸立，历经数百万年的板块碰撞雕琢成型。它的力量超乎寻常，年岁不可估量。岩石深埋地底，与山体同脉，与万物的根源相连。岩壁把我的目光引向天空——那里唯有光芒。

我欲逃离尘嚣，却或许只需明了，自己本就是世界的一部分，与主流共生。河流不息，终将归海。在孤立中寻得与外界的联系，再度去爱，也被爱滋养。拥抱变化，接纳变化。人心所求并非寻得世外桃源，而是成为现实世界的一部分。

我悄悄从隐蔽之处下来，重新回到那条被人踩出的小径上。如今，必然会有更多的事情发生改变——活水不息，才能滚滚向前。此刻，阳光洒落肩头，春天蓬勃的气息扑面而来，四季轮回复始，前路尚未可知。我迈开步伐，一步步继续前行。

作 者 的 话

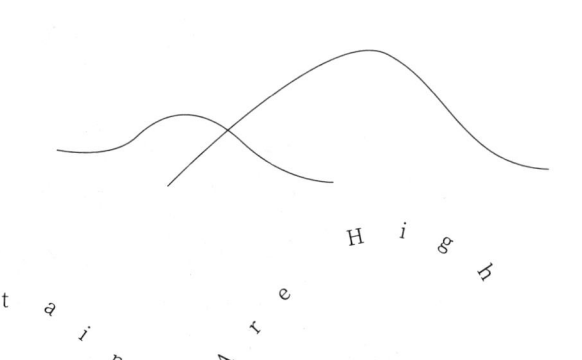

The Mountains Are High

这本书自从在我脑海中最初萌芽以来，已经发生了太多的变化，而我也一直在努力顺应这些变化。它已不是我初衷之作。在我的第一部作品《许愿灯》中，直到最后的"作者的话"中才出现"我"字。而在写本书时我始终采用第一人称叙述，这并不符合我以往的写作习惯。希望这本书能为不同读者带来不同感悟，作为对中国某一特定领域的记录也好，作为一部泛泛的回忆录也罢，归根结底，这本书对我来说意义非凡，这就够了。

值得一提的是，本书取材于普通生活——那些日复一日、再平常不过的时光流逝，而我将这些线索编织起来。虽然事情是真的，但经过了筛选。本书记录的都是生活的精彩片段，经由巧妙编排，以供细细品味。但生活不是一桩桩事件，而是一部流水账。那些平淡无奇的日子，那些思绪冗杂的夜晚，那些匆忙赶工的时刻，那些不知通往何方的道路……剩下的这些无聊片段呢？在大理的第一年，我的所见所感是否如一页页的文字般清晰？并非如此。但我们仍要写作，于事后反思，赋予当时意义。这正是文字的意义所在。

我在大理一共生活了三年。在此期间，恰逢新冠疫情肆虐，我没法离开云南，没搭乘过飞机或火车，甚至很少离开大理。本书讲述的事件主要基于我在大理第一年的经历，但部分信息和采访素材是我在后续撰写过程中收集的。对于后来得知的细节，我已在文中明确标注"后来"。对于一本聚焦于三年中的某一年，且按照季节结构编排的书来说，这是一个并不完美的解决办法，但这样做能让我在不破坏行文流畅性的前提下将这些内容融入其中。

出于政治或法律考量，本书对人名及部分生平细节进行了更改或模糊处理，以保护相关人士。同时，我也刻意模糊了一些个人信息，以尊重隐私。所有提及的人物均已同意我将他们写入此书。为便于阅读，我在文中统一使用他们的名字（未加姓氏）或绰号。若绰号是具有特殊含义的英文，则予以保留，其余均使用中文。除非另有说明，本书中的引用均是我自中文翻译而来。

我已竭力核实关键信息的准确性，一位中国读者也对此书进行了细致检查，如有遗漏或错误，那完全是我的责任。总之，我只是如实报道我的所见所闻。我所描写的这些，包括我自己的生活，其完整而微妙的真相远非一书所能尽述。

致　谢

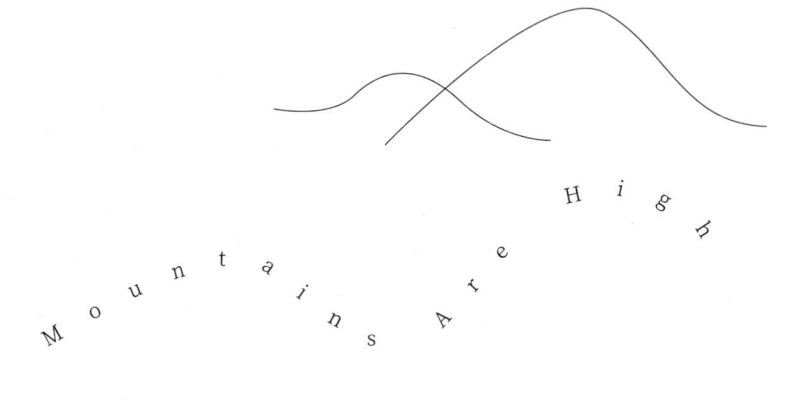

The Mountains Are High

本书从构思酝酿,到产出问世,历经漫漫长路,千辛万苦。在此,感谢对此书做出贡献的所有人。

非常感谢大理的杨炸炸,你是我开启新生之门的钥匙。感谢我在大理遇到的每一个人,是你们给了我家的感觉,在此无法一一提及你们,但你们知道我说的就是你们。特别感谢里奥转租给我的院子,拉克伦的面包,艾米丽的奶酪,"消逝之钟"乐队的爵士乐,嘎嘎嘎的喜剧,丽丽的精神陪伴。最重要的是,感谢我笔下的每一个人,感谢你们愿意花费时间,与我分享自己的故事。

变化之中,漂泊四方,家是永恒的港湾。我的父亲教了我很多生活技巧、写作知识,他是我心中最优秀的榜样、最卓越的导师。我的哥哥一直伴我左右,给予我耐心和理解。我的母亲给了我生命与爱——我此生真正需要的两样珍宝。

我经过山脚香烟缭绕的寺庙，走上山去。

"要上山吗？"李观宇说，"记得下来。"

附　图

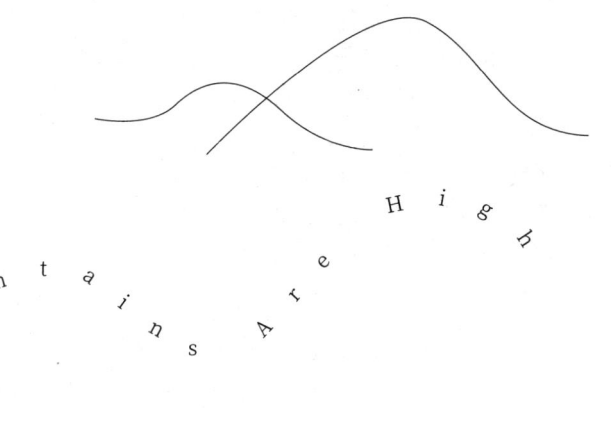

The Mountains Are High

作者在大理银桥村的住处

作者沿苍山山脊徒步

银桥村的佛寺

作者环洱海骑行时所见的小普陀岛

从大理的一家生态农场眺望苍山和三塔

作者参加银桥村的一场白族婚礼,这是婚礼上的歌舞表演

银桥村寺庙旁的火把节仪式

大理现存最古老的被嬉皮士住过的院子——OM 山洞

鸡足山放光寺的僧侣

与周老师在银桥村共进春分餐

大理的八母寺

Copyright © Alec Ash, 2024

This edition arranged with PEW Literary Agency Limited through Andrew Nurnberg Associates International Limited

© 中南博集天卷文化传媒有限公司。本书版权受法律保护。未经权利人许可，任何人不得以任何方式使用本书包括正文、插图、封面、版式等任何部分内容，违者将受到法律制裁。

著作权合同登记号：字 18-2025-100

图书在版编目（CIP）数据

大理一年 /（英）艾礼凯著；汪思佳译 . -- 长沙：湖南文艺出版社，2025.8. -- ISBN 978-7-5726-2530-5
I. I561.65
中国国家版本馆 CIP 数据核字第 2025CG4948 号

上架建议：文学·纪实

DALI YINIAN
大理一年

著　　者：[英]艾礼凯（Alec Ash）
译　　者：汪思佳
出 版 人：陈新文
责任编辑：熊宇亮
监　　制：吴文娟
策划编辑：姚珊珊
特约编辑：赵浠彤
版权支持：王立萌
营销编辑：傅　丽
封面设计：潘雪琴
版式设计：利　锐
内文排版：百朗文化
出　　版：湖南文艺出版社
　　　　　（长沙市雨花区东二环一段 508 号　邮编：410014）
网　　址：www.hnwy.net
印　　刷：北京中科印刷有限公司
经　　销：新华书店
开　　本：875 mm × 1230 mm　1/32
字　　数：160 千字
印　　张：8.5
版　　次：2025 年 8 月第 1 版
印　　次：2025 年 8 月第 1 次印刷
书　　号：ISBN 978-7-5726-2530-5
定　　价：58.00 元

若有质量问题，请致电质量监督电话：010-59096394
团购电话：010-59320018